2
瀬尾優梨
麻先みち
亡霊魔道士の拾い上げ花嫁
The Bride who was Saved by the Phantom Mage

ユリウス・バルトシェク
Julius Bartosek
『やあ、迎えに来たよ』
『え……』
エステル・バルトシェク
Ester Bartosek
ライラ・キルッカ
Raila Kilkka

ヴェルネリ
Verneri
「……ばあか」
ヘルカ
Helka

Characters

ユリウス・バルトシェク

レンディア王国の魔道の名家・バルトシェク家の養子である凄腕の魔道士。魔力過多に長年苦しめられていたが、「魔力を吸収し、無効化する」体質を持つライラと出会い、外見を含めて様変わりを果たした。

ライラ・キルッカ

王国の商家・キルッカ家の娘。非魔道士だが、特殊な体質を持つ。ある夜会で婚約予定を破棄された直後、ユリウスに突然求婚された。ライラに『三度目惚れ』したというユリウスの言動によく悶えさせられている。

シャルロット

レンディアの隣国、ミュレルから遊学に訪れた王女。魔道の才に溢れるユリウスと、彼に寄り添う非魔道士のライラに興味を抱く。

エリク

感情の起伏をあまり見せない、シャルロットの従者。シャルロットと共に行動するライラを、警戒するような目で見てくるが……？

ヘルカ

王国魔道研究所の職員であり、ライラの世話係を務める魔道士。良き理解者として、ユリウスとライラの関係を見守る。その一方でヴェルネリとは喧嘩友だち。唯一苦手なことは料理の味付けらしい。

ヴェルネリ

王国魔道研究所の職員であり、ユリウスの生活を世話している魔道士。菓子作り以外ならなんでも器用にこなす。ユリウスを慕い、ライラやヘルカにはややツンとした態度を取りがちだが、時折素直になることも。

亡霊魔道士の拾い上げ花嫁

The Bride who was Saved by the Phantom Mage

2

瀬尾優梨
SEO YURI
Illustration
麻先みち
MASAKI MICHI

The Bride who was Saved by the Phantom Mage 2

Contents

序章◆使命

「シャルロット。おまえの使命は、分かっているだろうな」

冷え冷えとした空間に、重々しい男性の声が響く。

少女は面を伏せたまま、か細い息を吐き出した。纏《まと》っているドレスは、国内でも屈指の仕立屋が作り上げたもので、王女という彼女の身分にふさわしい豪奢《ごうしゃ》な逸品である。

それは彼女を飾る衣装であり、その身を守る戦闘着であり——束縛する枷《かせ》でもある。

「はい、陛下。わたくしはこれよりレンディア王国に赴き、祖国のために必ずや、尊き使命を果たして参ります」

「ああ。期待しているぞ、我が愛《いと》しき娘よ」

男はそれだけ言うと、下がれ、と命じた。

少女は立ち上がり、重苦しい部屋から出た。すぐに、部屋の前で待機していた黒いお仕着せ姿の青年が急ぎ足で歩み寄ってくる。

「シャルロット様。謁見は終わられましたか」

「ええ。疲れたから、部屋で休むわ。さっさと連れて行きなさい」

「かしこまりました」

居丈高に命令されても青年は一切動じることなく、恭しくお辞儀をすると少女の手を取った。

少女は、廊下の窓を見やる。

季節は、真冬。

窓の外の景色は白っぽくて、世界全体が煙っているかようだ。

「……わたくしは、この国のために、何としてでも成し遂げてみせる……」

たとえ、何かを犠牲にしたとしても。

1章◆素敵な花嫁になるために

「……あ、凍らなくなってる」

朝、庭木の水やりをしようと表に出たライラは、屋敷の物置の横に置いていた大きな水瓶《みずがめ》を覗《のぞ》き込んで呟《つぶや》いた。

これは本来、火事などが発生した際に使えるようにと常に水を溜《た》めておく瓶なのだが、住人四人のうち三人が魔道士であるこの屋敷ではあまり必要とされていない。

そういうことで使わないままその辺に放っておいたら雨水が勝手に溜まり、それが澱《よど》んで藻のようなものが浮いていた。ヴェルネリは、邪魔なので瓶そのものを捨てたがったそうだが、家主であるユリウスが「なんだか趣があるから、このままにしよう」と言ったので、放置継続されることになったとか。

冬の朝は冷えるので、この水瓶に水が張っていた。あまりきれいな氷ではないので触るのは躊躇《ためら》われたが、拾った石の先でつんつん突《つつ》いたり割ってみたりするのが、ライラの密《ひそ》かな遊びになっていた。

それが、凍らなくなった。

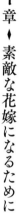

つまり、冬の終わりも見えてきたということだ。

（……もうすぐ、春なんだ）

といっても、朝晩は冷えるので上着が必要不可欠だ。レンディア王国でも北部山岳地帯の山並みはまだ白い冠を被《かぶ》っていて、あそこの雪まで完全に解けるにはまだ時間が掛かりそうだ。

ライラは水瓶観察をやめて、足下に置いていた魔道器具を抱えて野菜畑に移動した。これはユリウスが最近開発した、自動水やり機だ。

大きさは、ひと抱えほど。内部にユリウスの魔力を蓄積しており、非魔道士であるライラでも側面にあるボタンを押すだけで、箱の天面の穴から噴水のように水を出すことができる。

魔道文化の花開く、レンディア王国。

その王国内でも五本の指に入る魔道の名家・バルトシェク家の一員であるユリウスは、この小さな屋敷の主《あるじ》であり――ライラの婚約者でもある。

（……ユリウス様と出会ってから、もうすぐ半年になるんだな）

野菜畑の真ん中に置いた自動水やり機がシュンシュンと音を立てながら水を撒《ま》くのを観察しながら、ライラはこれまでのことに思いを馳《は》せた。

去年の秋、両親に連れられて参加したバルトシェク家の夜会で、男爵家次男・ヨアキムに婚約予定を破棄された。ライラの実家は裕福な市民階級程度で、しかも彼はライラの元学友であるカロリーナを妊娠させたということだったから、ライラが折れるしかなかった。

その後バルコニーで一人夜風に当たっていたライラは、げっそりと窶《やつ》れた顔つきの青年とぶつかり、出会って一分程度で求婚された。その相手が、ユリウスだ。

(あの時の私は、何がなんだか分からない状況だったなぁ……)

あれよあれよという間に婚約が決まり、ユリウスの熱心な希望で彼の屋敷で一緒に暮らすことになった。そうして、ライラの「触れた相手の魔力を吸収して無効化する」という、非常に珍しく……そして使いどころが難しい体質により、魔力過多に悩まされていたユリウスを救うことになった。

秋から冬に掛けては、怒濤《どとう》のように色々な出来事があった。健康になったユリウスと一緒に夜会に参加したり、彼がライラに「三度目惚《ぼ》れ」したのだということを知ったり、ライラに嫉妬したカロリーナに嵌《は》められて隣国の者に捕まったり。

楽しいことだけでなくて、絶体絶命の危機に陥ったりもした。だが、どのような事態になったとしても、ライラは一度たりとも「ユリウス様と婚約するんじゃなかった」と思ったことはない。

もし、これから先にも困難が待ち受けていたとしても。結婚の先に、ユリウスとぶつかることがあったとしても。

あの、秋の日にユリウスと出会ったこと、そして彼の求婚を受けたことを、後悔しない。後悔したくなかった。

ライラが物思いにふけっている間に、自動水やり機は仕事を終えたようだ。だんだん出てくる水の量が減り、最後にはニャー、という音を立てて水が出なくなった。

これは「水やり完了」というサインの音なのだが、「せっかくだからライラが好きな音にしよう」と製作者であるユリウスが提案したため、猫の鳴き声になったのだ。ちなみに、機械の調子が悪かったら牛の鳴き声がするようになっている。

仕事を終えた魔道器具をよしよしと撫《な》でてから、ライラはそれを抱えて屋敷の中に戻った。そしてその先の廊下で掃除道具を抱えて立つ青年の後ろ姿に気づき、声を掛ける。

「ただいま、ヴェルネリ。水やり、終わったわよ」

「……どうもありがとうございました。機械の調子はいかがでしたか？」

黒いローブ姿の青年は振り返ると、じとっとした目つきでライラを見てきた。とても愛想のいい表情とは言えないが、別に彼が特段不機嫌というわけではないということを、ライラは知っている。

レンディア王国魔道研究所の職員であるヴェルネリは、数年前からこの屋敷でユリウスの身の回りの世話をしている。ぱつんと切りそろえた黒髪に鋭い緑色の目、魔道研究の制服である黒ローブ姿の彼は背が高いこともあってなかなか威圧感があるが、実際はユリウス絶対主義の純粋な人で、ただ単に口べたなだけだ。

彼は菓子作り以外の家事全般が得意で、中でも料理においては格別のこだわりを見せる。他の者に家事を任せないというのは彼のプライドも関係するようなのだが、さすがに多忙そうなので基本的に暇なライラは手伝いを申し出た。そうして、魔道器具を使った水やりをさせてもらうことになったのだ。

ヴェルネリに、ライラは胸に抱えていた魔道器具を見せた。

「きちんと作動したし、最後の鳴き声も最高に可愛《かわい》かったわ」

「鳴き声はどうでもいいのですが、作動したのならよかったです。ではそれは、私がユリウス様のところに持って行きましょう」

「ううん、私がこのまま持って上がるわ。これをユリウス様のところに持って行くまでが水やりの仕事だと思うし、ヴェルネリはいつも一生懸命働いてくれていて忙しいだろうからね。いつもありがとう」

「……。……そうですか」

ヴェルネリは少し目つきをきつくすると、ぷいっとそっぽを向いて行ってしまった。

（……うーん。やっぱり私ごときに褒められても嬉《うれ》しくないかな？）

色々思うことはあるが彼はさっさと行ってしまったし、ライラもこの機械をずっと持っているとさすがに腕が疲れてくる。

ユリウスは今、自室で魔道研究所から持ち帰りの仕事をしているはずだから、すぐに持って上がろうとライラも階段に向かった。

ライラの足音が階段の方へ向かったのを、ヴェルネリは壁にもたれかかった格好で聞いていた。

「……」

「あら、どうしたのヴェルネリ。いつも以上に愛想のない顔になっているけれど」

「やかましい、ヘルカ」

からかうような女性の声にヴェルネリはいっそう不機嫌そうな表情になり、横を見た。

そこにいたのは、ヴェルネリとは対になるかのような淡い色彩を纏《まと》った女性。癖のないプラチナブロンドを背中に流し、白いローブが彼女の魅力的な体のラインをいっそう優美に魅せている。

ヘルカは前髪をさっと掻《か》き上げ、おもしろがるように茶色の目をすがめた。

「あらあら、そんな凶悪な顔になって……悩みごとがあるのなら、聞いてあげなくもないけれど？」

「結構だ」

「あら、いいの？　ライラ様から思いがけずお褒めの言葉をいただけたのに、お礼を言えなくて悩んでいるのかと思ったのに」

「おまえ、分かっていて尋ねたな!?」

かっとなったヴェルネリだが、そんな彼をもヘルカはくすくす笑いながら見てくる。

ヘルカはヴェルネリの同僚で、優秀な魔道士だ。知性に溢《あふ》れていて淑女らしい気品があり、少しだけ冷たさも感じられる美貌にはヴェルネリもケチの付けようもない。

だが、性格には難アリだ。非常に難アリだ。

ユリウスが彼女を重用し、ライラも慕っているようだからお互い加減はしているが、いつもヘルカはヴェルネリに突っかかってくるし煽《あお》るような発言もする。

「……黙っていればおまえもましになるというのに」

「あら何か？　黙っていても喋《しゃべ》っていても可愛げのないヴェルネリ君？」

「……私は掃除をする！　おまえも持ち帰りの仕事でもしていろ！」

「はいはい。それじゃあ、お昼ご飯の時にね。いつもおいしいご飯をありがとう」

「……褒めてもおまえの好物は出さないぞ」

ちなみにヘルカの好物は、炙《あぶ》った肉にフルーツたっぷりのソースを掛けた料理だ。知っているが、提供するつもりはない。断じてない。

これ以上立ち話をしていても時間の無駄、そして自分の精神が削られるだけなので、ヴェルネリはぷんすかしつつヘルカに背中を向けた。

……今日の昼食にはライラの好物のフルーツサンドを急遽《きゅうきょ》用意しよう、と考えながら。


ライラがユリウスの部屋に入ると、部屋の主に柔らかい笑顔で迎えられた。

「やあ、ライラ。水やり、どうだった？」

何かの設計図を描いていたらしいユリウスが立ち上がり、ドアの前に立っていたライラの前にやってきた。

肩先で結わえた麦穂色の髪に、優しく細められたヘーゼルの目。黒のスラックスと灰色のシャツを身につけるその肢体は成人男性にしてはかなり細めだが、これでも半年前よりはずっとましになっている。

ライラはそんな婚約者に、抱えていた魔道器具を渡した。

「順調でした。畑の野菜がしっかり潤うくらいの水を撒けましたし、撒いた水が凍ることもありませんでした。あと、最後の猫の鳴き声がすっごく可愛かったです！」

「ライラが喜んでくれたなら、設定してよかったよ」

ユリウスは笑顔で言うと、ライラが両手で抱えていた機械をひょいと片手で目の高さに持ち上げて、不調がないか確かめるように確認し始めた。

……ユリウスは細身だし物腰も柔らかくて、口調もおっとりしている。だからついつい失念してしまうが、彼はライラより年上の大人の男なのだ。軽量化しているとはいえそれなりに重さのある機械を軽々と持ち上げられるし、声も低い。

それに、いつもはのほほんとしているくせに、急に積極的になることもあって——

『ライラ、可愛いね』

ふと、昨夜ベッドの中でユリウスに囁《ささや》かれた言葉が脳裏に蘇《よみがえ》り、ぼぼっと頬が熱を持ち始めた。

ライラは今年の夏にユリウスと結婚することになっているが、ユリウスの伯母であるイザベラ・バルトシェクの指示により婚前交渉は禁止されている。それは別に嘆くことではなくむしろ、恋愛初心者のライラとしてはありがたい限りで、ユリウスとは穏やかな関係を築いている。

それは今も変わらずで、ライラはユリウスと一緒にベッドに入り、彼が魔力過多に悩むことなく安眠できる姿を見られるだけで心が満ち足りている。

ユリウスもその気持ちは似たようなものだろうが……病気ゆえ伏せることが多く、その生い立ちも複雑だということもあってか、ユリウスは天然マイペースな気質で、無意識のうちに色気を放ったり甘い言葉を囁いたりしてしばしばライラを戸惑わせていた。

(嫌じゃないし、むしろ嬉しいけれど……心臓に悪いし、いまだに全然慣れないんだよね……)

可愛い、好きだ、と言われると嬉しい。それに、ユリウスに褒めてもらえる自分のことが好きになり、いっそう自分の心や体を大切にしようという気持ちが湧いてくる。

だがとにかく悪気なく特大の爆弾を投下してくるのが、たちが悪い。そして彼は頭がよくて気遣いもできるので、ライラが「嫌じゃありません、嬉しいです」と言うとしっかり学習して、ますます強烈な攻撃を放ってくるようになる。天才魔道士は、日々成長しているのである。

(……婚約状態でもこれなのに、結婚してからの私、大丈夫かな……)

ライラが考えごとをしている間にユリウスは点検を終えたようで、水やり機を小脇に抱えてデスクに戻った。

「ああ、そうだ。さっき、ヴェルネリが今朝の手紙を持ってきてくれたんだけど、そこに君の父上から転送されてきたものがあったよ」

「あっ、そうなのですね」

気持ちを切り替え、ライラもデスクの方に向かった。デスク上には設計図を描いている途中の模造紙が広がっているが、その隅に銀盆に載った手紙があった。毎日手紙を届けに来る郵便屋にしては早いな、と思っていたが、転送されてきたものならいつもとルートが違うのだった。

その手紙は確かに父から送られたもので、開封済みだ。去年の冬に父の字を真似《まね》た偽物の手紙が来たことがあったので、ヴェルネリやヘルカも用心してくれている。

中には、ライラの学院時代の友人から手紙が届いたので転送するという旨と、実家の方でも結婚式に向けた準備を進めている報告の手紙も入っていた。

バルトシェク家は貴族ではないし、ユリウスもイザベラの弟が戦場で拾ってきた養子なので厳密には血族でもない。だが貴族の伯爵家程度となら十分肩を並べられるくらいの権力を築いている名家なので、結婚も基本的には両家の親同士で話を進め、準備することになっている。ライラもユリウスと一緒に衣装を準備したり、手紙を書いたりしている。

中に入っていた封筒を出したライラは、あっと声を上げた。

「アマンダからだ！」

「学院の友だちだったかな？」

「はい。といっても一つ年上で、放課後のクラブ活動が一緒だったのです」

ライラが在籍していた学院では、十二歳からは放課後のクラブ活動に参加できるようになっていた。球技や裁縫、詩作や楽器演奏など色々なクラブがあり、ライラは料理研究クラブを選んだ。

アマンダは一学年上の先輩だったが、最初の活動で同じ班になったことから仲よくなった。彼女が一足先に卒業する時にはライラも寂しくて、小遣いを叩《はた》いて立派な花束を買って贈ったものだ。老舗の宿屋の娘だったアマンダは学院卒業後、実家のある地方都市に戻って両親の手伝いをしていたはずだ。そして春頃に結婚して夫と共に地方で暮らしている、という手紙が届いたのが、去年の夏。

「アマンダが、王都にある旦那さんの実家に来ることになったから、そのついでにお茶でもしないかというお誘いをくれました」

「行きたい？」

「はい、できるなら」

ライラはまだ結婚していないが、ユリウスの婚約者として彼の屋敷で寝泊まりしているので、彼に外出許可を取る必要がある。最近のユリウスは一時期と比べると魔力の生産量も安定しているようなので、ライラが日中に外出したからといってすぐに溜まることはなさそうだが、念のために確認しなければならない。

設計図にペンを走らせていたユリウスは、柔らかく微笑《ほほえ》んだ。

「もちろん、行ってきたらいいよ。積もる話もあるだろうしね。ただ警護のために、ヘルカくらいは連れて行ってほしいんだけど、それでもいいかな？」

「もちろんです。ヘルカにも都合を聞いておきますね」

「うん、了解。それじゃあ、正確な日程が決まったら教えてね」

「分かりました」

ユリウスの許可ももらえたことで、ライラは早速アマンダに返事をするべく自室に戻った。

ちょうど廊下でヘルカとすれ違ったので、彼女にアマンダの手紙の話をして、レターセットを準備する。

（……そういえばアマンダの旦那さんは、魔道士だったっけ）

先に封筒に宛名を書きながら、ライラは考える。

確かアマンダの夫の実家は男爵家だが豪商としての歴史が古く、父親と一緒に地方へ出張商売した際にアマンダの実家が経営する宿に泊まり、そこで互いに一目《ひとめ》惚《ぼ》れしたとかしなかったとかと手紙に綴《つづ》られていた。

男爵家は裕福な平民でしかないアマンダと息子の結婚に最初こそ難色を示したが、アマンダが王都の学院で優秀な成績を修めていたこと、商家の嫁として十分すぎるくらいの教養があったこと、そして料理や裁縫などの家政スキルもばっちりだったということで、最終的には「是非ともうちの愚息のお嫁さんに」と大歓迎されたという。

アマンダは学院時代からぱりっとした格好いい女性だったので、男爵家の見る目は確かだとライラも納得した。そして……近いうちに自分もヨアキムと結婚して、「いいお嫁さんだね」と言われるようになろう、と志していたものだ。

そんなアマンダには既に、婚約予定破棄とユリウスとの婚約のことを伝えている。そして、「今後のためによかったら、お話を聞きたい」という旨の手紙を出していたので、ちょうどよかった。

（アマンダは魔道士の家に嫁いでいるし……考えてみれば、私と似たような境遇だ。ひょっとしたら、すごくありがたい話を聞けるかもしれない！）

ライラがユリウスと結婚するまで、あと半年程度。

それまでにできることはしたいし、人生の先輩からしっかり教えを請うておくべきだ。

よし、と気合いを入れて、ライラはペンを走らせた。

＊＊＊

アマンダとお茶をする約束をした前日の夜は雨模様でそわそわしていたのだが、翌朝はきれいに晴れてくれた。まだ足下は少しぬかるんでいるが、雨が大気中の汚れを落としてくれたのか空気は澄んでいて寒すぎることもなく、絶好のお出かけ日和だった。

「それじゃあ、行ってきます」

「うん、気を付けてね」

屋敷の玄関前でユリウスとヴェルネリに見送られ、ライラはヘルカと共に馬車に乗り込んだ。

以前地方都市に出張した際は、馬車に馬を付けずヴェルネリやヘルカの魔力で空を飛んで移動したのだが、王都に行く際にそれをすると未確認飛行物体と勘違いされて撃ち落とされかねないので、時間は掛かるがバルトシェク家で働く御者を呼び、普通に馬に牽《ひ》いてもらうことにした。

そうして到着した王都もすっかり雪が解け、春の到来を待ちわびているかのようだ。ここらも昨晩雨が降ったようで、賑《にぎ》やかな喧噪《けんそう》に包まれる町並みがいつもよりも美しく見える気がした。

今日のライラは、チェック模様のワンピースに脚を細く見せる効果のあるタイツ、編み上げブーツにふわもこっとした帽子という格好だ。

帽子に関しては、仕度をしている際にぬっと現れたヴェルネリが押しつけてきたものだ。彼は無言でそれを置いて去っていったがヘルカ曰《いわ》く、「風邪を引かないように、という彼の気遣いでしょう」ということだったし、なかなか可愛いデザインだったのでありがたく使わせてもらうことにした。

ヘルカも今日はローブ姿ではなく、ベージュ色のコートにプリーツ入りのロングスカート、ヒール低めのショートブーツとマフラーという格好なので、なんだか新鮮な気持ちだ。

アマンダとは、カフェで待ち合わせをしている。既に予約してくれているようなのでカウンターで名乗ると、すぐにアマンダの待つ席に通された。

「久しぶりね、アマンダ」

「ええ、久しぶり！　なんだかあか抜けたね、ライラ」

そう言って、アマンダは笑顔で手を振った。

癖のある赤毛に緑色の目のアマンダは、男爵家の奥様になっても溌剌《はつらつ》としていて笑顔が眩《まぶ》しい。ものすごく美人、というわけではないがいつも背中を真《ま》っ直《す》ぐにしており正義感の強い性格だったので、学院ではむしろ女子生徒に人気があった。そんな凛《りん》とした彼女が放課後のクラブでは可愛いエプロンを身につけて料理をしているというのがまたポイントが高かったそうだが、ライラはその辺の事情はよく知らない。

アマンダはヘルカを見ると少し驚いた様子だったが、すぐに笑顔に戻って互いに挨拶をした。ヘルカ同伴ということは事前に伝えていたので、きっと彼女が予想以上に美人だったので驚いたのだろう。実際、王都を歩きながらヘルカが人々の注目を集めているのはライラも気づいていた。

まずそれぞれの注文をしてから、近況報告をしあった。アマンダは一昨日に王都に到着して、夫の実家である男爵家に滞在しているそうだ。

「ライラの方は確か、バルトシェク家に嫁ぐんだよね？　いやぁ、まさか友人が魔道の名家に嫁ぐなんて、考えてもいなかったよ！」

「うん、自分でもびっくりよ。それで……一足先に奥様になったアマンダから、色々聞きたい気持ちもあって」

「それもそうでしょうね。ライラの学年で結婚している人はさすがにまだ少ないだろうし、私だって旦那と結婚する時には学院の先輩や従姉《いとこ》とかに色々尋ねたからね。どんと任せなさい、キルッカさん」

胸を叩《たた》いたアマンダが茶目っ気たっぷりに、知り合ったばかりの頃の呼び名を使ってくるので、ライラもくすっと笑った。

「ありがとうございます、ラントさん」

「どういたしまして。……で？　名家に嫁ぐということだけど、色々不安な気持ちもあるんじゃない？」

アマンダに尋ねられて、一足先に提供されたサラダにドレッシングを掛けながらライラは素直に頷《うなず》いた。

「ええ。ここにいるヘルカや、ユリウス様のお世話係のヴェルネリという人に助けられているけれど、やっぱり慣れないことも多いわね。なんといっても私、非魔道士だし」

「分かる分かる。私も……前の手紙に書いたかもしれないけれど、最初は旦那のご両親に結婚を渋られたんだ。旦那は三男とはいえ、実家はかなり歴史が古いからね。息子にはできるなら、貴族のお嫁さんをもらってほしかったようだし」

「……」

「でも、ここでハイソウデスカと引き下がったら負けだと思ったの。私は本気で、旦那と結婚したいと思った。だから、私が学院時代に磨いたスキルを大いに活用して、ご両親に認めてもらおうって張り切ったんだ」

「ううう……やっぱりアマンダはすごいわ！」

こんな彼女だから、下級生の少女に呼び出されて「ラント様のことが好きです！」と言われるのも仕方のないことだろう。

「夫の実家はそこまで魔法魔法言わない家だから、魔法に関してはどうにでもなったけれど……むしろ、結婚してからの方が大変だったな。しきたりとかが多くてね」

「なるほど……そういうのは、お家によって違うものね」

「そうそう。あと、親戚の顔と名前を覚えたり、過去の偉い人についての書籍を読まされたり。……嫌ではなかったよ？　好きな人に関係することなんだし、私も男爵家の一員になりたいって思っていたから。ただシンプルに、きっついわー、って思ったくらいで。もうちょっと早めに、花嫁修業をやっておくべきだったかな、と後悔したなー」

「……覚えることがたくさんあるのは、確かに大変ね」

そこで、ふとライラは目を瞬かせた。

平民のアマンダは男爵家に嫁ぎ、色々なことを覚えなければならなかった。そして、結婚前から花嫁修業を充実させるべきだった、ということを口にしている。

（それ……私も同じじゃない？）

ライラが嫁ぐ予定のバルトシェク家は貴族ではないし、以前夜会で訪問した際にユリウスの親戚とも挨拶をしたが、皆気さくでそこまでしきたりやマナーなどに厳しくもなさそうだった。

だが、だからといってこのままのんびりと夏まで待てばいいわけではない。

結婚したら、ライラもバルトシェク家の一員になる。ライラの行動はバルトシェク家の――そして夫・ユリウスの名誉にも関わる。

やってしまった、では遅い。

むしろ、余裕がある今のうちに、行動するべきではないだろうか。


おいしいご飯を食べてお茶を飲み、たくさんの話ができた。

最初は黙ってお茶だけを飲んでいたヘルカも、アマンダに話を振られて少しずつ会話に参加し、最後には三人で恋愛や結婚についてあれこれ話すようになっていた。

「あのようにして、年の近い同性の仲間とお喋りするのも楽しいことですね」

帰りの馬車の中でヘルカが言ったので、ライラはふふっと笑った。

「ヘルカも楽しそうなら、よかったよ」

「はい。……アマンダさんの旦那様のご実家とは前に夜会で挨拶したことがある程度だったのですが、今度改めてお手紙を送ろうかと思います」

「あっ、ヘルカは貴族出身だったの？」

「はい、一応。わたくしの父が現サルミネン子爵の弟にあたりますが、伯父には子がいないので、まだ幼いのですがわたくしの弟がいずれ爵位を継ぐ予定です」

「えっ、弟さんもいたんだ。知らなかった……」

「そういえば申していなかったですね。よろしければまた今度、実家についてお話ししますね」

「うん、聞いてみたいな」

そんな話をする間に、馬車は屋敷に到着した。

出迎えたのはヴェルネリだけだったので少し不安になったが、彼は開口一番、「ユリウス様は実験にとても集中なさっています」と教えてくれたので、ほっとした。

「そうなのね。それじゃあ、相談したいことがあったけれどまた後にしようかしら」

「いえ、この後ちょうどお茶休憩を取っていただく予定でしたので、その時になされればよろしいかと」

「そう？　それじゃあ早速、お茶の準備をしてくれる？」

「かしこまりました」

ヘルカに荷物を預け、ライラはヴェルネリが用意してくれたティーセットを手に上階に向かった。

いつもなら菓子作りが得意なライラが茶菓子を用意するのだが今は帰宅直後なので、皿にはヴェルネリが買ってきたらしい市販の焼き菓子が並んでいた。

ユリウスは自室で新しい魔道器具の製作を行っていたようだが、ライラを見るとすぐに手を止めて、用具一式をデスクの端に押しやった。

「おかえり、ライラ。……早速お茶を持ってきてくれたんだね、ありがとう」

「ただ今戻りました。……実は、少しユリウス様にご相談したいことがございまして」

「うん、何かな？」

ユリウスは少し驚いたようだが、すぐに笑顔に戻り、ソファに移動した。

テーブルにティーセットを置くと、ライラの背後を影のようについてきていたヴェルネリがさっと進み出て、茶の仕度を始めてくれた。

その間にまずライラは今日遊びに行かせてくれたことの礼を言い、アマンダとゆっくり話ができたこと、ヘルカも交えて話が弾んだことを報告した。

「それで……アマンダとお喋りをしていて、思ったことがあるのです」

「それが君の、相談したいことだね？」

「はい。……私、今のままでユリウス様の奥さんになってもいいのだろうか、と思ったのです」

こつん、とヴェルネリにしては珍しく、茶器が音を立てた。

小声で詫《わ》びたヴェルネリに手を上げて応えてから、ユリウスは静かに尋ねてきた。

「それは、アマンダさんに何か言われたのかな？」

「いいえ、彼女の体験談を聞いていて私が自発的に思ったことです。……私は、素敵なお嫁さんになりたいです」

素敵なお嫁さん、と一口に言っても、色々な解釈、色々なイメージがある。

ライラとて、「こんなお嫁さん」というはっきりとした目標があるわけではない。

「結婚してから、独身時代にああすればよかった……と思うことを減らしたいのです」

「僕も伯母上も、君にあれこれ押しつけるつもりはないけれど……君が自分から、もっとできることを探したいと思うようになったんだね？」

やんわりと確認するように問われたので、ライラはしっかりと頷いた。

「はい。ですので……花嫁修業をする許可を、いただきたいのです」

「花嫁修業……」

ユリウスが、不思議そうにその言葉を反芻《はんすう》した。これまでの彼の人生で聞いたことのないフレーズなのか、「花嫁修業……修業……？」と首を傾《かし》げる様は、なんだか可愛らしい。

「修業って……具体的に何をするの？　まさか槍《やり》一本で猪《いのしし》を退治しに行ったりしないよね？」

ユリウスの頭の中にある「修業」とは、一体何なのだろうか。

「一般的な花嫁修業は、家事能力の習得ですね。私の場合は……もう少し魔法について勉強したり、バルトシェク家について知っておいたりした方がいいかと思います」

「……。……もう一度確認するけれど、君は誰かに指示されたからとかではなくて、自分からこうしたい、と思って花嫁修業を申し出ているんだよね？」

慎重なユリウスらしい質問に、ライラは改めて頷いた。

「はい。きっかけはアマンダだとしても、これは私が考え、私がやりたいと思ったのです」

「……そっか」

ユリウスはしばらくの間目を閉じていたが、やがて開き、ふっと丸い息を吐き出した。

「……困ったな。僕はどうやら、君のそういうところに弱いようだ」

「ど、どういうところですか？」

「気にしなくていいよ。……君にお願いされて……しかもそれが僕のお嫁さんになるためだ、と言われたら却下なんてできないよね。何より、君がそんなに目を輝かせて言うんだから、僕は君の意志を尊重したい。花嫁修業、応援するよ」

「ユリウス様……」

じん、とライラの胸が温かくなった。

ユリウスは、ライラの相談を却下することもできる。だが彼は相談に真面目に乗って、許可をくれただけでなく、「応援する」と言ってくれた。

些細《ささい》な言葉選びの結果だが、自然とライラの喜ぶ言葉を使ってくれるユリウスが……本当に、大好きだ。

「ありがとうございます！　ええと、まだ内容は決めていないのですが……ヘルカとも相談して、頑張ります！」

「うん、もし僕にできることがあれば協力するから、遠慮なく言ってね。ただ、外出や来客対応が必要な時は事前に言うこと。それだけお願いするね」

「もちろんです。……私、自信を持ってユリウス様の隣に立てるように、いいお嫁さんになれるように、頑張ります！」

ライラは使命感を胸に、元気よく言った。

（よし、ユリウス様にも応援してもらえたし……張り切って頑張ろう！）

＊＊＊

ライラとお茶休憩を取った後、ティーセットを手にした彼女を見送ったユリウスは、ふと真面目な顔になってデスク上に散らばる機械のパーツを見下ろす。

そして、呟いた。

「花嫁修業というものがあるのなら、……もあるのかな？」

2章◆それぞれの修業

夏の結婚に向けて花嫁修業をしよう、と志したライラはまず、ヘルカと一緒に修業の計画を立てることにした。

「といっても、ライラ様は既に基本的な礼法や家事能力は身についていらっしゃるようですけれどね」

「うん……一応、ヨアキムと結婚するつもりだったから」

ライラは十五歳の時に、カントラ男爵家の次男であるヨアキムが婚約者候補になった。

ライラの実家であるキルッカ家は平民の商家なので男爵家との縁を持ちたい、男爵家の方は少し金に困っているのでキルッカ家と姻族になることで資金援助をしてもらいたい、という両者の利害が一致したからだ。

当然そこに、ライラやヨアキムの意見が挟まれることはなかった。初対面からお互いの印象はよくなくて、だからといってどちらも相手に歩み寄ろうとはしなかった。

(カントラ家も正直、私に礼法とか家事能力とかを求めているわけじゃなかったし……)

男爵家の者から見たライラは、現金の入った金庫のようなもの。金庫は動くことも喋《しゃべ》ることも必要とされない。ただそこにいて、必要な時に大人しく金を差し出すだけでいい。

これで両親や従業員たちのためになるのなら、と諦め半分で結婚するつもりだったが、事態は変わった。そして今のライラは、「少しでもできることを増やしたい」と思って、花嫁修業の計画を立てている。

（ユリウス様はバルトシェク家の傍系だけれど、魔道研究所から仕事を持ち帰ったり、地方へ出張に行ったりする。出かける場合は私もついていくことになるのだから……ユリウス様の妻として恥ずかしくない振る舞いができるようになりたい）

そこでふと、ライラは先日アマンダと話した内容を思い出してヘルカの顔を見上げた。

「あの、ヘルカ。私、勉強したいことがあるんだ」

「何についてでしょうか？」

「魔道士や魔法について」

ライラは、はっきりと言った。

ライラの家族は全員非魔道士で、従業員にも魔道士はいない。通っていた学院も平民向けの学校だったので、魔道士はほとんどいなかった。

だがライラはこれから、レンディア王国でも屈指の魔道の名家に嫁ぐ。となるといくら非魔道士とはいえ、魔道士の妻として最低限必要な知識を頭に入れておくべきではないか。

（これまでは、ユリウス様とヴェルネリが仕事の話をしているのを聞いていてもちんぷんかんぷん

だったし、ヘルカの本を見せてもらっても内容が全く分からなかったけど……このままは、嫌だ)

ユリウスのために、というのもある。

だがそれと同じくらい、「このままでは自分が嫌だ」という負けん気のような気持ちもあった。

ペンを手にしたヘルカは顔を上げて、慈しむような眼差《まなざ》しでライラを見つめ返した。

「……そうですね。あえて、今のライラ様に足りないところがあるとしたら……それは仕方ないにしろ、魔法のことでしょうからね」

「うん。これまでは、学院で習った最低限度のことだけ分かっていればよかった。魔道器具の仕組みもユリウス様たちの仕事のことも、自分とはあまり関係のないことだと思っていたけれど……そうじゃないよね」

たとえば、朝の水やりで使っている自動水やり魔道器具。

ユリウスに使い方を教わって、指示された通りに使っていた。そうして、天面の穴から水が出る様をぼんやり見ながら、なんだかすごいな、と思っていた。

だが……もっともっと、知りたい。

あの魔道器具の内部は、どうなっているのか。そもそもどうやって、あの箱の中に魔力を込めるのか。どういう仕組みで、猫や牛の鳴き声を取り込んでいるのか。

(それに、もし誰かに魔法について質問された時に、自分でも答えられるようになりたい)

ライラの側《そば》にはいつもユリウスかヘルカがいるので、もし誰かに魔法の質問をされても、彼らに応対を頼めば問題ない。

だが――ライラはユリウスの妻になるのだ。

夫が開発した魔道器具や彼が研究していることについて、自分の口で説明したい。

自分では一生掛かっても逆立ちしても魔法を使えないけれど、知識だけは蓄えていたい。

ライラの話を聞いたヘルカは、茶色の目を満足そうに細めた。

「……今のライラ様、とても素敵な表情をなさっていますよ」

「え……そう？　自分ではよく分からないけど……」

「恋する気持ちは、人を強くする……と恋愛小説に書かれていましたが、そういうことなのかもしれませんね」

ライラに言うというより独り言のように呟《つぶや》いたヘルカは、ペン先をインクに浸してから手元の紙にさらさらと文字を書いていった。

「かしこまりました。では、バルトシェク家の奥方になるライラ様が魔法についての勉強をする……これを花嫁修業といたしましょうか」

「うん！……といっても私は伝手《つて》とかがあるわけじゃないし、ヘルカに色々お願いすることになると思うけど……」

「まあ、何を遠慮がちにおっしゃいますか。わたくしはライラ様の補佐ですからね。あなたが充実した花嫁修業を行えるように様々な計画を提案したり、講師になりそうな方を探したりするのもわたくしの役目。わたくし、誰かさんと違って人脈はある方ですので」

豊かな胸を張って、ヘルカは言う。

誰かさんが誰なのか明言しなかったが、大体の想像は付く。厨房《ちゅうぼう》で昼食の仕込みをしている男が、くしゃみをしているだろう。

「分かったわ。それじゃあ、ヘルカ。どうぞよろしくね」

「ええ、お任せくださいませ」

＊＊＊

ヘルカの行動は、速かった。

ライラと一緒に計画を立てた数日後には「話がまとまりました」と笑顔で報告し、その数日後に、ライラはヘルカと一緒に外出することになった。

「それではユリウス様、行ってきます」

ベージュ色のロングワンピースにキャラメル色のボレロというお出かけスタイルのライラが玄関でそう言うと、ユリウスは笑顔で頷《うなず》いた。

「うん。ヘルカがいるし、行き先はバルトシェク家だものね。僕も安心できるよ」

「はい……まさか、別荘にお呼ばれされるとは思っていませんでしたが、ヘルカのおかげです」

……そう、ヘルカが話をまとめた相手はなんと、バルトシェク家の女性だったのだ。

確かに、嫁入り先の相手ほど事情に詳しい人はいない。ヘルカの相談を聞いた相手は快諾し、王都郊外にある別荘でお茶をしながら話をしましょう、ということになった。

「本当は僕もついていきたかったけれど……あれだけけちょんけちょんに言われたら、諦めるしかないよね」

ユリウスは苦笑している。

最初は彼も同行して別室で待機したい、と言っていたのだが、相手方から猛反対を食らった。

「あなたはそんなにライラさんを信用していないのか」「というか、わたくしたちを信頼していないのではないか」「というより、花嫁修業先についてくるなんて無粋だ」「むしろ邪魔だ」と女性陣からこてんこてんにやられたため、同行を断念したのだ。

同行したいという理由も、魔力過多とかではなくてただ単にライラが心配だった、ということだったので、ユリウスも何も言えなかったようだ。ヘルカ曰《いわ》く、現当主が女性だということもあり、バルトシェク家の女性陣に男性陣は頭が上がらないそうだ。

「時間は一刻厳守で、夕方になる前には帰ってきます」

「うん。気になったら、迎えに行くからね」

ユリウスはいつもは緩めている眼差しをきりっとさせて言った。

以前、ライラはユリウスがいない間に、隣国オルーヴァの魔道士に誘拐されたことがある。今回は行き帰りの馬車はヘルカだけでなくバルトシェク家の護衛付きで、別荘にはオルーヴァの魔道士ごときでは歯が立たないようなバルトシェク家の女性たちがいる。

安全策は完璧だが、ユリウスはライラのことになると極端に心配性になるようなので、彼がお迎えに来るかもしれないことだけは相手方も許可してくれたのだ。

ユリウスとヴェルネリに出発の挨拶をしてから、ライラは既に庭で待っていたバルトシェク家の馬車に乗り込んだ。今回は王都の外れにある別荘が目的地なので、馬車に馬は繋《つな》がれていない。飛んで行くのだ。

きちっとしたお仕着せ姿の使用人たちは、しがない平民であるライラにも丁寧に接してくれたし、彼らの操る空飛ぶ馬車の旅は快適そのものだった。以前地方に出張した際にはヘルカやヴェルネリが操縦してくれたが、それよりも若干速い気がする。隣に座っているヘルカも、「さすがバルトシェク家の精鋭使用人……」と感心したように言っていた。

四半刻もせずに、馬車は着陸した。そこは王都の外壁の外に広がる田園地帯で、使用人曰くこのあたり一帯がバルトシェク家の管理地らしい。

バルトシェク家は貴族ではないので領地は持たないが、各地にこのような別荘や保養地、研究所などを有している。ユリウスの屋敷のあるあの針葉樹林地帯も、元々はユリウスの養父が管理していた場所らしい。

別荘は、遠くから見ると白いホールケーキのような形をしていた。白い煉瓦《れんが》を組んで造った屋敷は、ユリウスの屋敷よりも優美で洒落《しやれ》た感じがする。冬ではあるが庭には花が咲き乱れており、開放的で明るい雰囲気がある。

「こちらの別荘は、バルトシェク家の女性が懐妊した際にお体を休めたり、女性のみでの茶会を開いたりするために使われます」

使用人の説明によると、これは百年以上前のバルトシェク家の当主が、体の弱い妻のために造らせた屋敷だという。その妻は騒がしい王都や人の顔色を窺《うかが》わなければならない夜会などが苦手で、自然や動物を愛していた。

そのためこの一帯には庭園や散歩道だけでなく、牧場や鶏舎、農場もある。今でもこの屋敷で提供される料理は庭で作られた食材を使っており、味も絶品だという。

どきどきしながら門をくぐって玄関を上がったライラは、玄関ホールで華やかなドレスの女性たちに迎えられた。

「ごきげんよう、ライラ様」

「お待ちしておりました。歓迎いたします」

ライラを見て集まってきた女性は、五人。年齢は十代前半から三十代くらいまでで、皆優秀な魔道士だ。

(この方々が、私の講師に……そしていずれ、私の親戚になる)

ごくっと唾を呑《の》み、ライラはレンディア貴族のお辞儀をした。

「ライラ・キルッカでございます。このたびは私のために貴重なお時間を割いていただき、ありがとうございます。皆様のご指導に応えられるように努力いたしますので、よろしくお願いします」

「あらあら、そんなに硬くならなくていいのよ」

「そうそう。ほら、こっちにいらっしゃい。おいしいお茶とお菓子を準備していますのよ」

「ライラさんが興味を持ちそうな魔道器具も取り寄せていますの。一緒に触ってみましょう」

「は、はい……」

あらかじめ屋敷で何度も挨拶の練習をしていたのだが、女性たちの反応はあっさりとしたものだった。むしろ、早くライラと一緒にお茶を飲みたくて仕方がないようで、おほほ、うふふ、と笑いながらライラの手を取り、奥の部屋に案内してくれた。

廊下を進んだ先は、サンルームになっていた。四方の壁のうち二面がガラス張りになっていて、冬の柔らかな陽気を取り込んだ室内は、暖炉を置かずともぽかぽかと暖かい。

大魔道士の別荘、ということだが厳《いか》めしい雰囲気も、「これぞ魔道士の家！」という雰囲気もない。元々、人混みが苦手な妻のために夫が建てた屋敷だからだろうか、内装やインテリアも落ち着いた可愛《かわい》らしいものが多くて、ライラもすぐにこの部屋に居心地のよさを感じた。

瀟洒《しょうしゃ》な鉄製のテーブルが重そうに、たくさんの菓子の載った皿やティーセットを支えている。椅子の数は、七つ。ヘルカの分もあるようだ。

「さ、ライラさんはこっち。ヘルカさんもお隣にどうぞ」

「失礼します」

「すみません、ありがとうございます」

女性たちも座り、壁際に控えていたメイドたちが茶の仕度を始める。彼女らがティーポットに茶葉やカットしたフルーツを入れて湯を注ぐと、ふわっと甘い香りが部屋に満ちた。

まずは、ライラとヘルカを含めて自己紹介をした。

五人のうち、既婚者は三人で独身が二人。皆、去年バルトシェク家のパーティーに参加した時に挨拶した人ばかりで、バルトシェク家直系か嫁いできた女性たちだった。

「私、この前の姉様のパーティーでご挨拶した時から、ライラさんとお喋りしたいなぁ、って思っていたのよ」

目を輝かせてそう言うのは、この中では最年少の少女。名前をエステルといい、イザベラの末の女の子だ。去年パーティーを主催したアンニーナの妹にあたる。

水色の目を輝かせて人なつっこく話しかけてくる様は、なんだか無邪気な子犬のようだ。ツインテールにした茶色の髪が余計に、垂れ耳の犬を連想させた。

「だって、あのユリウス兄さんが一目惚《ひとめぼ》れした人でしょう？　お体の不調のことは別としても、なんというか、あんまり周りに興味がなさそうだったユリウス兄さんがべったべたに溺愛しているって噂《うわさ》だし、気になっていたのよ！」

「そ、そうなのですね」

正確には一目惚れではなくて「三度目惚れ」なのだが、それはヴェルネリやヘルカ以外には言わないことにしているので、突っ込まないでおいた。

他の女性たちも「まあ、エステルさんったら」「でも、わたくしたちもライラさんと仲よくなりたいと思っていましたの」と笑顔で言ってくれた。どうやら、前回のパーティーで頑張った甲斐《かい》はあったようだ。

(それにしても……皆様、とても品があるわ)

まずはお茶とお菓子を楽しもう、ということで皿に手を伸ばしたのだが、彼女らの指先の動き一つ一つにライラは目を奪われっぱなしだった。

よその家から嫁いできた女性は二人いるが、どちらも貴族出身だという。その二人は当然のこと、バルトシェク家の令嬢である他の女性たちも、ケーキを小さなナイフできる仕草、ティーカップを指先で摘《つま》む様など、動作の一つ一つが美しい。

十四歳のエステルでさえ、喋る時は無邪気な感じがしたのに、ティータイムになると楚々《そそ》とした淑女になってビスケットに上品にクリームを塗っている。

(私がエステル様くらいの年の頃は、こんなにお行儀よくなかったわ……)

商家の娘と名家の令嬢なのだから差があって当然なのだが、これではいけない、とライラは気合いを入れ直し、ティータイムに挑んだ。

ある程度腹が満たされ喉も潤ったところで、この中では最年長であるイザベラの長男の妻が切り出した。

「それで、ライラさんはユリウスさんと結婚するにあたり、魔道士や魔法の知識を教わりたい、ということでしたか」

「はい。是非とも、バルトシェク家の皆様方にご教授願いたくて」

「ふふ、こうして頼られるというのはとても嬉《うれ》しいことね」

別の女性もおっとりと笑い、メイドに何事か命じて部屋の外に行かせた。

「頑張り屋さんなのは、とてもいいことですよ。ユリウスもきっと、そんなあなただからこそ好きになったのでしょうからね」

「……そう言っていただけると、私も嬉しいです」

「ねえ、ライラさんってちょっと変わった体質なんでしょう？　魔力を吸収して無効化するとか。それ、ちょっと試してみてもいい？」

そう尋ねてきたのは、好奇心旺盛らしいエステルだ。

（えっと……私の体質で体調を崩したり意識を失ったりすることはない、ってヴェルネリは言っていたけれど……）

ちらっと横を見ると、ヘルカが頷いてくれた。そこでライラはエステルに向かって頷いた。

「かしこまりました。ただ……私自身で制御できる力というわけでもないので、その点だけはご了承ください」

「もちろんよ。それじゃあ、失礼するわね」

そう言ってエステルは立ち上がってライラの横に立ち、そっと腕に触れてきた。

夜、ユリウスと一緒に寝ている時や昼間に抱きあった時に、ライラの体はユリウスの多すぎる魔力を吸収している……らしいが、当の本人にその自覚は全くない。ヘルカが持ってきてくれた測定器がなければ、ライラ自身もその効果を実感することはできなかっただろう。

だがエステルは目を丸くすると、空いている方の手を目の高さに上げて少し指先を動かした。

「……本当だ。ちょっと体がくたっとするし、魔法が使えない……」

「だ、大丈夫ですか!?」

「ええ、大丈夫よ。ありがとう、ライラさん」

「まあ……噂には聞いていたけれど、本当にそのような体質があるのね」

「わたくしも触ってよろしくて？」

「ど、どうぞ」

その後、ライラは興味津々の女性たちに体を撫《な》で回され、皆は「まあ、本当に！」「これは不思議ね」「ユリウスさんが頼るのももっともだわ」と感心していた。

そうしていると先ほどのメイドが、平べったい木箱を手に戻ってきた。あの形は、ライラも屋敷で見たことがある。女性向けのアクセサリー収納の一種だ。

「ありがとう。そこに置いて、開けて」

女性が命じるとメイドはそれをテーブルに置き、箱を開いた。やはりそれはアクセサリー入れで、中には大粒の宝石がきらめくネックレスや耳飾り、小振りだがおしゃれな指輪や髪留めの他、ライラではどこに装着するのかよく分からないものも収められていた。

「わあ、きれい……！」

「そうでしょう？　でもこれらはただきれいなだけではなくて、どれも強力な魔力を閉じこめているのです」

そう言って、女性が真珠とダイヤモンドのきらめくネックレスを手に取った。

花嫁修業に入ったのだ、と気づいたライラは、美しいアクセサリーを見て浮かれていた気持ちを引き締め、改めて女性の持つネックレスを見つめる。

「たとえばこれは、毒物に反応します。毒入りの食べ物などが装着者に近づくと、警戒の光を放ちます。間に合わなくて毒物を食べてしまっても、喉を通過するまでに解毒できます」

「こちらの耳飾りは、装着者の頭部を守ります。頭部への衝撃緩和はもちろん、脳に影響を及ぼす魔法なども弾《はじ》くことができます」

「これはブローチだけど、中央に大きなルビーが嵌《は》まっているでしょう？　これは、相手の魔法を反射する効果があるの。相手を殺すつもりの攻撃魔法はやっぱり頭や心臓を狙いがちだから、胸を狙った攻撃を弾いて相手にお返しすることができるのよ」

「そうなのですね……」

どれもこれも、なかなか物騒な機能持ちのようだ。まだ幼さが残る顔立ちのエステルも顔色を変えずに説明していることから、バルトシェク家では幼少期から魔法の扱いや魔道士としての生き方をしっかり教えていることが分かる。

（でも、こんなにきれいなアクセサリーにそれだけの機能を持たせるということは……）

「……これらは、高貴な身の上の女性を密《ひそ》かに守るためのものなのですね」

美しく着飾りたいけれど、自分の身も守りたい。バルトシェク家の一員ならば、悪《あ》しき心を持つ者が狙ってくるかもしれない。女性ならばなおさら、狙われやすくなる。

そんな女性たちの願いを、このアクセサリーたちは叶《かな》えてくれる。何事も起こらなければただのきれいな装飾品で終わり、有事にはこれに込められた魔力が装着者を守ってくれる。

もしかするとそれは、女性本人よりも、彼女らの父親や兄弟、夫や恋人たちの愛情溢《あふ》れる魔力ゆえのものなのかもしれない。

ライラの言葉を聞き、女性たちはにっこりと笑った。どうやら、予想は当たっていたようだ。

「そういうことです。これはまだ市場に出回っているものではありませんが、いずれお手頃な値段で開発できるようになればと考えています」

「女性はもちろんですが、男性だって自分を飾りながら身を守りたいと思いますものね。ですから、男性向けのデザインのものもいずれ作れたら、と思っているのです」

「素敵な話ですね……」

もしそうなれば、このレンディア王国は今以上に、魔道士と非魔道士が手を取り合える心地よい国になるはずだ。

持てる者は傲《おご》ることなく、持たない者に力を与える。

持たない者は与えられた力をありがたく受け取って、自分にできる形で国や魔道士たちのために貢献する。

それが、このレンディア王国の理想。

世界中でもレンディアが魔道大国として敬われ、あのオルーヴァからも恐れられるような存在になった所以《ゆえん》でもあるのだから。

＊＊＊

結局本日は、お茶を飲んでお菓子を食べて、女性たちが見せてくれるアクセサリーや魔道器具に触れたり話しあったりするくらいだった。

楽しむだけで申し訳ない、とライラは言ったのだが、皆は「この時間こそが、ライラに必要な花嫁修業なのです」と断言した。

「実際に魔道の産物に触れて、その説明を聞き、自分なりの考えを述べる。それはとても大切なことですよ」

「実際にライラさんは受け身にならず、積極的にご自分の考えや意見をおっしゃっていたでしょう。わたくしたちも、あなたに興味を持ってもらえてよかったと思いますもの」

「これからもこういう形で、修業を進めましょうね」

「は、はい。ありがとうございます！」

笑顔で言ってもらえると、なんだか恥ずかしくなってきてライラははにかんだ。

その後、皆が見送りに出てくれたがエステルはことさらライラのことが気に入ったようで、馬車の前までついてきて、ユリウスの話をねだってきた。

「うーん……私もいつか、ライラさんみたいな恋がしたいなぁ！」

エステルはまだ社交界デビュー前なので、今は家庭教師に教わるだけだという。名家の令嬢なので仕方ないにしろ、彼女はライラのように学院に通い、友だちと一緒に町を散策し、色々な人と出会う、という生活に憧れているようだ。

そんな深窓の令嬢である彼女は恋らしい恋もまだらしく、ライラは微笑《ほほえ》んだ。

「いつかきっと、エステル様も素敵な人に会えますよ」

そう言うと、先を歩いていたエステルは振り返り――ちょっと意外そうに目を丸くした後で、なにやら真剣な表情で聞いてきた。

「ライラさんみたいに？　ライラさんにとってのユリウス兄さんは、素敵な運命の人？」

「そ、そうですね。私にとってのユリウス様も……かけがえのない、大切な人です」

「愛しているの？」

「……はい。愛しています」

やけにぐいぐい聞いてくると思いつつ、ライラは正直に答えて――ふと、自分の足下の影が変な形になっていることに気づいた。

冬は日が落ちるのが早い。ライラたちの足下にも、夕日を浴びて黒い影ができているのだが……

ライラの足下の影は、膨れた形をしている。

そう、まるで二人分の影が重なっているかのような――

「え……」

「やあ、迎えに来たよ」

振り返ったライラは、絶句した。なぜならそこに、いないと思っていた人がいたからだ。

ヴェルネリを伴ったユリウスが、穏やかな微笑みを浮かべてライラを見てきている。彼は背中から夕日を浴びているので、その形がくっきりと縁取られていてなんだか神々しい。

（え……ええええ――っ!?）

「な、なななんで、ここに!?」

「えっ、言ったよね？　気になったら迎えに行くって」

「い、言っていましたけど！」

なぜ、こんな至近距離になるまで黙って近づいていたのか。

（まさか……！）

はっとして振り返ると、いつの間にか少し距離を取っていたエステルが、にっこりと笑っている。

間違いなく、彼女はユリウスがやって来ていることに気づいていた。気づいていて──わざと、あのような質問をしたのだ。

つまり、先ほどのライラの返答も、ユリウスには筒抜けで──

「……ねえ、ライラ。さっきぼ──」

「そこまでっ！　エステル様、今日は大変お世話になりました！　失礼します！」

「ええ、ごきげんよう」

エステルはひらひらと手を振り、足取りも軽く別荘の方へ行ってしまった。

顔が熱い。

羞恥とか驚きとか混乱とかで、どきどきする。

……背後からそっと、ユリウスがライラを抱きしめてきたので、思わずびくっとしてしまった。

「……ライラ。今日は、楽しめた？」

「……はい、おかげさまで、とてもありがたいお話を聞けました」

「それはよかった。……それじゃあ、帰ろうかな。僕、君がどんなことを知って、どんなものを見てきたのか……知りたいんだ」

動揺していたライラだが、耳元でゆったりと囁《ささや》かれるうちに緊張が緩んできた。

ライラも、たくさん話したい。

素敵な話ができた、お菓子がおいしかった、おもしろい魔道器具に触れた。……たくさんの人と仲よくなれた、と。

「……はい」

「ありがとう。……それと、さっきエステルと話していた件についても……教えてね？」

「うっ……了解です」

ぎこちなく頷くと、背後でくすっと笑う気配がした。

どうにも、ライラはこの大魔道士には勝てそうになかった。

＊＊＊

ライラが、花嫁修業を始めた。

ユリウスの考える「修業」とは、己の心身を鍛えるために獰猛《どうもう》な動物と戦ったり滝に打たれたり素手で煉瓦を割ったりするものだったのだが、どうもそうではないようだ。そうではないと分かり、とても安心した。

つまるところライラは、もっと素敵な女性になるための特訓をするのだ。それはライラ自身のためでもあり……ユリウスのためでもある。

それはユリウスにとって、なんとも嬉しいことだった。

だから、ライラがたびたびヘルカと一緒にバルトシェク家の別荘に出かけることになっても、ユリウスは穏やかな気持ちで見送れるようになっていた。

愛する婚約者が屋敷にいないのは寂しいが、迎えに行ったライラはいつも以上に輝いて見える。

ヴェルネリには「婚約者の欲目でしょう」と言われたが、間違いなくライラは日に日に美しくなっている。

……婚約者のことを誇らしく思う一方で、ユリウスにはある悩みが生じるようになった。

「ヴェルネリ、相談したいことがあるんだ」

「何なりとどうぞ」

今日もライラは昼から、別荘を訪問している。もはやユリウスが彼女を迎えに行くのは当たり前になったのだが、ライラが「修業」をしている一刻の間は絶対に、別荘に行ってはならない。そうすればきっとエステルたちから、「情けない男」の称号を与えられてしまうだろうから。

ユリウスは魔道研究所関連の書類仕事をしていたので、ヴェルネリはそれに関する相談だと思ったようだ。だからユリウスは、「仕事のことじゃないよ」と前置きをした。

「今、ライラは結婚に向けて花嫁修業をしているよね」

「ええ。バルトシェク家の女性陣からの講義を受けているそうで、ヘルカも毎回楽しみにしておりますね」

「そう。……それでね、僕は考えたんだ」

ペンを置いたユリウスは両手を組んだ上に顎を載せ、真剣な眼差しでヴェルネリを見た。

「ヴェルネリ。紳士の反対は淑女だよね」

「そうですね」

「男子禁制の場所があれば、女人禁制の場所もあるよね」

「ありますね」

「花嫁修業があるのならば、花婿修業もあるよね」

「あ……るのですか？」

ヴェルネリの声が裏返っている。

だがユリウスは気にせず、「あるはずだ」と力強く断言した。

「だから、僕は思うんだ。ライラが素敵なお嫁さんになるために花嫁修業をするのなら、僕は素敵な旦那さんになるための花婿修業をするべきではないか、と」

「……んぬ」

ヴェルネリが変な返事をした。珍しいことだ。

だが彼は自分の失言には気づいていないどころかかなり混乱しているようで、緑色の目をきょろきょろと左右に泳がせている。

「僕は自分でも、人として欠けているところが多いという自覚がある。だから僕も、ライラの隣に立って恥ずかしくない男になりたいんだ」

「……さ、さようですか」

やっといつもの調子に戻ったヴェルネリは、咳払《せきばら》いをした。

ユリウスはよく突拍子もない言動でライラを驚かせるが、それが今回はヴェルネリに向けられたのだ。

だが何にしても、ぼんやりしていてあまり周りのことに興味のないユリウスが何かをやりたがるようになったのは、よい傾向である。

「かしこまりました。このヴェルネリ、ユリウス様の決意をお支えいたしましょう」

「ありがとう！　君ならそう言ってくれると思っていたよ」

ユリウスが手放しで喜ぶと、ヴェルネリの表情も緩んだ。なんだかんだ言ってヴェルネリは、主人に褒められること、頼られること、評価されることがたまらなく嬉しいのだ。

「ええ、私にお任せを。……して、どのような『修業』をなさるおつもりで？」

「それなんだけど……僕はやはり、人との付き合いが苦手なところがある」

ユリウスが冷静に自己分析するのを、ヴェルネリはうんうん頷きながら聞く。ユリウスはぼうっとしていることが多いが、自分の性格や能力についてはよく理解している。

「だから、社交性を身につけたい。それから……できるなら、恋愛や結婚についての知識をつけたいんだ」

「社交性、恋愛、結婚……」

「そう。だからヴェルネリに、そういった修業をする手伝いをしてほしいんだ」

ユリウスはにっこりと笑って言うが、ヴェルネリの表情は徐々に固まっていく。

菓子作り以外の家事全般や座学はお手の物、手先が器用なので芸術もそつなくこなせるヴェルネリだが――残念ながら、今ユリウスが「自分に欠けているもの」として挙げたのは全て、ヴェルネリにも当てはまる。

というより、明らかにヴェルネリの方が経験不足で劣っている。

ヴェルネリ・ユルヤナ、二十三歳。彼女いない歴、二十三年。

これまでは色恋に疎くてもどうにでもなっていた彼が生まれて初めて、自分に恋愛経験がない上に、そういう相談ができる友だちがいないことを悔やんだ瞬間であった。

だが前を見れば、期待に目を輝かせたユリウスが。そのヘーゼルの目からは、「ヴェルネリならきっと、力を貸してくれるはず」という強い信頼が感じられて――

ヴェルネリは、天敵に縋《すが》ることにした。

「ヘルカッ。おまえにしかできない相談がある！」

本日の花嫁修業を終えたライラがユリウスと水入らずの時間を過ごしている隙に、ヴェルネリは同僚を捕まえた。

ライラの荷物を抱えていたヘルカは心底嫌そうな顔で振り向くと、焦りを前面に出すヴェルネリを見てふんっと鼻で笑った。

「あら、わたくしに相談なんて久しぶりね。そうねぇ……お願いしますヘルカ様、と言えば聞いてあげなくもないけれど？」

「っ……お願いします、ヘルカ様。おまえに……いや、あなたにしか頼めないことなんだ」

ヴェルネリが屈辱にまみれた顔になったのは一瞬のことで、彼はヘルカの指示通りの文言を言っただけでなく、呼び名も正して頭も下げてきた。

ヴェルネリの本気が伝わったのか、ヘルカは一瞬で冷笑を消すと、とんっとヴェルネリの肩を叩《たた》いた。

「ちょっと、やめなさい。そんなへこへこするなんて、あなたらしくないわ。からかったことなら……その、許してあげるから」

「そうしてくれると助かる。……ユリウス様のことなんだ」

そうしてヴェルネリは、いつものとげとげしさを全て引っ込めた真剣な態度でヘルカに一部始終を語った。

それを聞いたヘルカは眉間に皺《しわ》を寄せて、つい癖で髪を弄《いじ》ろうとして、やめた。そして、唇を嚙《か》んで沈痛な面持ちになっているヴェルネリの腕をとんとんと叩いた。

「事情は分かったわ。ユリウス様が社交性を身につけようとなさるのは、とてもいいことだわ。もちろん、わたくしも協力するわ」

「すまない……恩に着る！」

「……となると、誰かを講師に招いた方がよさそうね」

「ライラ様と同じ形だな。だが今回はユリウス様が客人をお招きしてもてなした方が、ユリウス様のためにもなると思う」

ヴェルネリもふんふんと頷きながら言い、ヘルカは頬に手を当てた。

「そうねぇ……それじゃあわたくしの伝手で、何人かの男性に声を掛けてみるわ」

「男性？　魔道研究所の職員か？」

「いいえ、貴族の方よ。これでもわたくし、恋愛経験は豊富だから。ユリウス様と話が合いそうな人を見繕って、指導に来てくれないか頼んでみるわ」

そこまで言ってヘルカは、正面のヴェルネリが「無」の表情になっていることに気づいた。

「……その顔は、何？　言っておくけれど、全員既婚者で奥様を溺愛なさっている人だけを呼ぶわ。間違っても横恋慕なんてしないわよ」

「そ、そうではなくて……ヘルカは、異性と交際した経験が多いのか」

「ええ、それなりには。……ただ、付き合ったことのある人はさすがに呼ばないわ。彼らに相談して、別の人を見繕うのよ」

「……」

ヴェルネリは、難しい顔をしていた。だがしばらく考え込んだ後、ゆっくり頷く。

「……そうしてくれ。あなたが相手の男性を見繕ってくれれば、私がその後の日程調整やもてなしの準備をしよう」

「了解よ。……それと、その呼び方はもう戻していいから。なんだかぞくっとするわ」

「分かった。……だが、本当に助かった。礼を言う」

「……お礼なら、今日の晩ご飯にわたくしの好物を作ってくれる？」

「今日は魚の予定だ。肉はない」

ヴェルネリは素っ気なく言うと、黒衣を翻して去っていった。

ヘルカはその後ろ姿を見送り、ふんっと鼻を鳴らして――ふと、立ち止まった。

先ほどの好物の件は、なんとなく言ってみただけだ。だがヘルカは今まで、ヴェルネリに自分の好物を教えたことはないはずだ。

「……ばぁか」

誰もいない虚空に向かって呟き、ヘルカはライラの荷物をぎゅっと抱えて歩きだした。

＊＊＊

ユリウスは、緊張していた。

「ライラ、僕、変なところはないかな？」

「ないですよ。いつも通り、素敵なユリウス様です」

ライラに褒めてもらえたからか、それまでは少し不安げな表情だったユリウスはぱっと笑顔になり、ライラをぎゅっと抱きしめた。

「君がそう言ってくれるから、僕は元気になれたよ。……ライラ、本当に君は素敵な魔道士だね」

「あ、ありがとうございます。あの、服が皺になっちゃいます……」

「あっ、そうだね」

ぱっと離れるが、なおもユリウスは名残惜しげにライラの髪を撫でている。ライラも小声で窘《たしな》めつつ、ユリウスに撫でられるのは好きなので猫の子のように目を細めて婚約者の手の平を享受していた。

だがライラはこれからバルトシェク家別荘にお邪魔するし、ユリウスは——初めて、この屋敷に客人を迎える。ライラもそれを聞いて、いたく感激していた。

「ユリウス様も花婿修業、頑張ってくださいね」

「うん、頑張る。ライラも気を付けて行ってきてね」

「はい、行ってきます」

ユリウスが身を屈《かが》めてライラの頬にちゅっとキスをすると、ライラも恥ずかしがりながらつま先立ちになり、ユリウスの頬にキスを返した。

そうしてライラはヘルカに付き添われて外に出た。彼女らの乗る馬車が空の彼方《かなた》へ飛んでいくのを見送ったユリウスは、さて、と深呼吸して胸ポケットから時計を出した。

今日招くのは、子爵家から伯爵家——身分で言うとバルトシェク家と同じくらいの、既婚男性四人。ユリウスの講師として様々な候補がいたがその中から人を見る目のあるヘルカが、物腰柔らかくて人付き合いのいい、ユリウスと気が合いそうな人を選んでくれた。

彼らを招く段取りは、ヴェルネリが張り切って行ってくれた。彼はいつも以上に気合いを入れて応接間の掃除をして、軽食用の料理も作っている。ユリウスも手伝うと言ったのだが、やんわりと断られた。「ユリウス様は、接客時のことだけを考えていてください」と言って。

そうして待つこと、しばらく。

「お邪魔します、ユリウス・バルトシェク様」

「本日はお招きいただき、ありがとうございます」

四人の紳士たちが来訪して、ヴェルネリが開けたドアから入ってくる。

二十代から三十代の彼らは皆優しそうな顔つきで、初対面のユリウスに対して過度に敬意を払ったり怯《おび》えたりすることなく、落ち着いた調子で挨拶をしてくれた。

「ようこそいらっしゃいました。どうぞ、こちらへ」

ユリウスはいつも通りそつのない笑みを浮かべつつ——実際は、かなり緊張していた。

誰かの屋敷にお邪魔するとか夜会に参加するとか、魔道研究所の会議に参加するとかということには慣れているのだが、客を自邸に招くのはこれが初めてだ。

だが、これも花婿修業、社交性を磨くための特訓である。

いつも笑顔で花嫁修業の結果を話してくれるライラに、自分も笑顔で成果を報告したい。

あらかじめヴェルネリとヘルカから教わっていた通りに客を応接間に招き、くつろがせる。四人とも煙草《たばこ》は吸わないと聞いていたので灰皿の用意はせず、代わりにいい香りのするアロマを焚《た》いている。「素敵な匂いがしますね」と言ってもらえたので、少し自信が持てた。

まずは王都からわざわざ来てくれた四人に礼を言って労《ねぎら》い、ヴェルネリが作った料理を勧めた。

「これは美味ですね。ユリウス様は、有能なシェフを雇ってらっしゃるのですか？」

「そうですね。彼は僕にはもったいないくらいの優秀なシェフで、僕が頼りにする従者です」

ユリウスがそう言った壁一つ隔てた向こうでは、声を聞いたヴェルネリが感激のあまり膝から崩れ落ちているのだが、それはいいとして。

「ヘルカ・サルミネン嬢から伺いました。ユリウス様は、ご結婚に向けた準備をなさっているそうで」

「はい。僕は婚約者のライラと出会うまでは病弱な身でして、社交界に出られないこともあって交友関係が狭くて、他者との関係作りも下手だという自覚があります」

ユリウスはゆっくりと言い、胸の上に手をそっと宛てがった。

「……あなた方から、恋愛や結婚についてのお話を伺いたく思っております。もちろん、お話しくださって支障のない範囲で構いません」

「……そういうことなのですね。もちろん、お力にならせていただきます」

「実は私も、妻と結婚する前はあたふたして、先達の知恵を借りたものです。今回、こうしてユリウス様のお役に立てるということで大変光栄に思っております」

やはりヘルカが選んだだけあり、四人とも非常に好意的だ。実際の社交ではこうはならないとユリウスも分かっているが、まずは彼らとよい関係を作っていければ十分だろう。

「ありがとうございます。是非とも、よろしくお願いします」

「こちらこそ。……まず、ユリウス様がお持ちの知識についてお伺いしたいのですが――」

そうして、男性たちがユリウスに色々と質問をする。

最初はよどみなく、ライラとのなれそめや現在の関係などについて話していたユリウスだが、だんだん口ごもり、困ったように視線を彷徨《さまよ》わせるようになってきた。既婚男性としては別に恥ずかしくない話題でも、恋愛経験の相手がライラしかないユリウスには、ちょっと答えに窮するような話題になってきたのだ。

だが今ここに、頼りになるヴェルネリはいない。ユリウスの希望で、席を外してもらっているのだから。

だが男性たちは恥ずかしがったり戸惑ったりするユリウスを優しい目で見守り、「私の場合は……」「こういう時は……」と教えてくれた。ユリウスは急いで筆記用具を取り出し、聞いた話を熱心にメモしていった。

もしこのメモをライラが見れば「何を書いているんですか!?」と真っ赤になり、ヘルカなら呆《あき》れ、ヴェルネリなら卒倒するような内容だが、ユリウスは至って真剣だ。それくらい、将来の自分とライラのためになる情報を身につけようと一生懸命頑張っているのだ。

一通りの内容を書き終えて、ユリウスはふうっと長いため息を吐き出した。

「なんと言いますか……色々と、驚きのお話ばかりです」

「そうですね……我々はこういう話を、独身時代から仲間内でこっそりするものなのですよ」

「いつですか?」

「パーティーの後とかですかね。食事の後は、男女別の部屋でそれぞれくつろぐでしょう? その時に酒を片手に、カードゲームをしたりしながら」

「なるほど……」

ユリウスは、酒とカードゲーム、そして色恋の話が社交界での男性たちの交流方法である、とメモをしておいた。

「そういえば、ユリウス様はライラ・キルッカ様と一緒に暮らしてらっしゃるようですけれど、結婚までは清い関係を保っているのですね」

「そうですね、伯母にそのように言われておりますので」

「なるほど。しかし、同じ屋敷にいながら距離を保つとなれば、夜はさぞ寂しいでしょう」

「いえ、一緒に寝ています」

「え？」

四人の声がきれいに重なった。

そういえば彼らは外部の人間だから、ユリウスの病気のことを詳しくは知らないのだった。

「僕は不眠症に悩んでいたのですが、ライラと一緒に寝るようになってから安眠できるようになったのです。詳しいことは分かりませんが、精神的に癒されたからだと思っています」

不眠症の原因が魔力過多であること、そしてライラには特殊な体質があるのだということは、伏せておいた。ライラの方はともかく、自分の体のことはあまり言いふらさない方がよいからだ。

だからその辺は少しぼかしたり誤魔化したりしつつ、ユリウスはぽかんとする男性たちに向かって言葉を続ける。

「といっても、婚約者の寝顔を正面から見ていると僕も少しどきどきしてくるので、後ろから、こう、彼女の体を抱きしめて脚を絡める感じになりますが」

「あ、脚を……」

「それはなかなか高度な……」

男性たちは、なぜか驚いているようだ。ユリウスからすると後ろから抱きしめることより正面から抱きあって眠る方が難度が高いのだが、世間と自分ではズレがあるのかもしれない。

「ライラと一緒に寝ると、とても心地よい夢を見られるのです。伯母の命令もあり今はこれ以上触れられないのですが……それだけでも僕は、かなり満足しています。ただ時々、無防備な首筋に噛みついてみたくなりますね」

「しているのですか!?」

「噛みついたらさすがに怒られるでしょうから、キスだけにします。髪に隠れて見えない位置ですし……大丈夫ですよね?」

自分と世の人ではかなり認識の違いがある自覚はあるので、ユリウスが心配そうに聞くと、男性たちはしばらくあっけにとられていたがやがて、ふふっと笑い始めた。

「これは、失礼。……ユリウス様は奥手な方だと思いきや、意外と積極的なのですね」

「これは、婚約者殿もさぞ翻弄されていることでしょう」

「……やめた方がいいでしょうか?」

「いえいえ、それは私たちでは判断できませんよ」

「ライラ様が嫌がるようならやめるべきですし……案外、そうしてぐいぐいと迫るユリウス様のことを、嬉しく思ってらっしゃるかもしれませんし」

「それもそうですね。これからはライラに、これをやっていいか、どこにしてほしいか、と確認しながら進めることにします」

「……それはそれで、なかなか高度なものになりそうですね」

男性の一人が呟いたが、色々な話を聞けて大満足のユリウスの耳には届かなかった。

3章 ◆ 隣国の王女来訪

ある日、ユリウスにイザベラから招集が掛かった。

午後のお茶の時間に外出したユリウスは、日がとっぷり沈んだ頃に帰宅した。食事当番であるヴェルネリも同行していたため、本日の夕食は四人で近くの町に出かけてレストランで摂《と》ることになった。

冬の初めにライラが誘拐された日にも、四人で外食する予定だった。それが見事に潰れたことをユリウスが一番残念がっており、あれから彼はしばしば一緒に外食をするように呼びかけていた。ヴェルネリの負担も緩和されるし気晴らしになるしで、ライラも皆で食事に行けるのを楽しみにしていた。とはいえ、あまりにも頻繁に行くとヴェルネリが拗《す》ねるので、行くとしても半月に一度程度だが。

夕食を終えて帰宅したところで、ユリウスは本日本邸で話しあった内容について教えてくれた。

「ミュレル王国王女の遊学……ですか」

「うん。シャルロット王女殿下は優秀な魔道士で、我が国の魔道研究所の視察や新作魔道器具の体験、魔道士育成所の見学や市場観察などをなさるとのことだった。王女殿下は、うちの第二王子殿下の妃《きさき》候補でもあるからね」

ユリウスに言われて、ライラはミュレル王国についての知識を掘り出した。

（レンディア王国の南南東にある小さな国で……オルーヴァとも国境を接しているんだよね）

そこでふと思い当たることがあり、ライラはこの場には気の置けない間柄の者しかいないとは分かっているが、声量を落とした。

「もしかして……オルーヴァとの関係も何か意味がありますか？」

「ご名答。……王女殿下は国を代表する使節団の一員で、その目的は魔道研究ということになっているけれど……おそらく、去年の一件が絡んでいる」

ユリウスが真面目な顔で言ったので、ライラも神妙に頷《うなず》いた。

去年、レンディアの重要人物であるユリウスを釣りだすための餌として、ライラはオルーヴァ王国の魔道士に誘拐された。その場はユリウスの機転により切り抜けられ、怪しげな研究所を破壊してそこで囚《とら》われていた子どもたちも救出できた。

オルーヴァ国王はこの件に関してしらを切ったため追及することはできなかったが、それでもここでレンディアがオルーヴァに対して一本取って、拮抗《きっこう》していた両国の関係に揺らぎを生み出したというのは有名な話で――当然その噂《うわさ》は、世界各国にも伝わっている。

ライラは詳しくは知らないがそれ以降、悪名高いオルーヴァ王国にリードする形になったレンディアに擦り寄るようになった国も多いらしい。ミュレルも、その一つだろうということだ。

「ミュレルは独自の文化を築いていて、これまではレンディアとの国交も盛んではなかった……というか、あちら側が敬遠している感じだったかな。でもミュレルは魔道文化は栄えているけれど領土が狭くて、魔道士たちも戦闘には特化していない。だから彼らにとって北の大国・オルーヴァは脅威で……早めにレンディアと手を組んでおきたくなったんだろう」

「それで、遊学という名目で王女殿下を派遣すると？」

「うん。第二王子殿下の妃の座を早急に押さえて、婚姻により国力を高める。……もちろん、そこまであけすけなことはミュレルからの書簡には書かれていない。でも、誰もが同じことを思っているだろうね」

ユリウスの言う通り、政治に詳しくないし駆け引きも得意ではないライラでも容易に想像できたことなので、頭脳明晰《めいせき》で知られるレンディア王も重鎮たちも、ミュレルの意図はすぐに見抜いているはずだ。

「……まあ、政治的なあれこれは陛下や大臣たちに任せるから、置いておいて。伯母上が陛下から、うちの一族からシャルロット王女殿下の世話係を選出するようにと命じられたそうだ」

なるほど、とライラは頷いた。

ミュレルの本当の思わくはどうであれ、王女は魔道研究のためにやって来る。ならばこちらも、相応の者を護衛や案内係に据えて王女をもてなさなければならない。

「……当初の予定では、いとこ——伯母上の実子の誰かがよいだろうということだったけれど、さっきの話しあいで僕が推薦された」

ライラは、じっとユリウスを見つめる。

その視線を受けたユリウスも、真剣な眼差《まなざ》しで頷いた。

「僕はバルトシェク家の本当の一員ではないけれど、魔道士としての腕前ならアンニーナたちにも負けない。それに他のいとこたちと違って、家族がいたり学業にいそしまなければならなかったりするわけでもない。あえて言うなら結婚間近ということだけど、結婚前だからこそ一つ手柄を作るべきだという意見もある。それに実質、一族の中で僕が一番動きやすいしね」

「……はい」

「それに、伯母上やいとこたちも、僕ならできると背を押してくれた。……去年までの僕だったら、この大役を受けるどころか本邸での話し合いにさえ参加できなかった。でも今は、違う。まだ君の力は必要とはいえ、僕はバルトシェク家の者として活動できる。……伯母上たちの信頼に、応えられる」

ライラは、無言で頷いた。

彼の魔力過多は簡単に治るものではないので、もしその大役を受けるにしてもライラの同伴は必須だ。当然、ライラの時間を使うことにもなる。

（でも……私も、誇らしい）

ユリウスが、皆に必要とされている。それ以上に……ユリウス本人が、「これをしたい」ということを口にしている。これまでは屋敷に籠もらざるを得なかった彼が活動する様を、間近で見守ることができる。

それは、彼の婚約者であり半年後には妻になるライラにとっても、嬉《うれ》しいことだった。

「おめでとうございます、ユリウス様。……あなたをお支えします」

「ライラ、君を王城に連れて行き、あちこち連れ回したり長時間待機させたりすることになる。それでもいいのか？」

「ちっとも構いませんし、むしろ嬉しいくらいです」

ライラは笑顔で言った。

「確かに、異国の王女様の近くに行くのは緊張しますし、そもそも王城でさえ滅多に出入りできる場所でないですけど……それ以上に誇らしいし、あなたの側《そば》にいられるのが私の喜びですから」

「ライラ……」

「だから、どうか私を連れて行ってください。あなたがバルトシェク家の一員として立派にお勤めを果たす姿を、近くで見守らせてください」

それに、ライラはちょうどバルトシェク家の女性と花嫁修業をしている。この一ヶ月ほどで、魔道士の知識や魔道器具の扱い方などを学んできたし、テーブルマナーや言葉遣いなども復習させてもらえた。

学んだことの練習台……と言うと王女に対して不敬かもしれないが、早速活用できる場が得られるのだから、ライラとしてもいい機会だ。

ユリウスはライラの言葉を聞いてもなお何か躊躇《ためら》っていたようだが、側でじっと控えていたヴェルネリとヘルカに視線で促されて、おもむろに頷いた。

「……力強い言葉をありがとう、ライラ。どうか、僕と一緒に王女殿下の補佐をしてほしい」

「はい、一緒に頑張りましょうね」

ライラとて緊張するが、ユリウスと一緒ならきっと大丈夫だ。

＊＊＊

約束の日、ライラはユリウス、ヴェルネリ、ヘルカと共に王城に向かった。

レンディア王城には魔道研究所が併設されており、そこにはライラも何度か訪問したことがある。ここでは去年、オルーヴァから保護された高い魔力を持つ子どもたちが生活しており、彼らに「ママ」と慕われるライラもしばしば様子を見に来ていたからだ。

ただし、魔道研究所ではなくて王城本体に足を踏み入れるのは今回が初めてで、驚きの連続だった。

朝の出発時、ユリウスの屋敷の玄関前に立派な馬車が停《と》まった。「城から迎えが来るよ」とユリウスがさらりと言っていたので分かってはいたが、どんと停車する馬車はライラの想像を超える規模だった。

まず大きさは、屋敷の一階にあるヘルカの自室くらいはありそうだ。天井も高い立方体で、車体の表面には薔薇《ばら》のレリーフが刻まれている。その横に描かれた立派な紋章は、レンディア王家の家紋だということで、何気なく尋ねたライラは驚いてしまった。

内装も見事で、ふかふかのソファにテーブルがあり、扉付きの小さな棚もあった。ユリウスの許可を取って開いてみたそれは食物保管庫だったようで中はひんやりと涼しく、瓶に入った飲み物や冷菓などが並んでいた。ご自由にお食べください、ということのようだ。

そのくせ、馬車を牽《ひ》いている馬はたったの二頭だ。見た目も華奢《きやしや》な白馬で、いくらなんでも馬たちに重労働をさせすぎではないか……と思ったが、どうやら馬車本体に魔法が掛けられているらしい。ユリウス曰《いわ》く、「実際に馬に掛かる負担は、それほどでもないよ」とのことだ。

（そ、そっか。今日のユリウス様は魔道研究の関係者じゃなくて、王女様の世話係――レンディア国王陛下のお招きを受けている扱いになるんだ！）

様々な魔法や贅《ぜい》を尽くした馬車に啞然《あぜん》としてしまうが、ユリウスにはそれだけの対応を受ける権利がある。そしてそんなユリウスの健康管理係であるライラも、同じ恩恵を受けるべき立場にあるのだ。

（偉い人って、大変……。肩が凝りそう……）

ユリウスと並んで座ったソファはふわふわで、背の高いユリウスたちはともかく、小柄なライラはそのクッション生地に埋まってしまいそうだ。今は緊張しているので目も冴《さ》えているが、もし疲れきった状態でここに座れば、もふもふソファに埋まって寝てしまうかもしれない。

だが、緊張するライラとは対照的に隣のユリウスは平然としている。今日の彼は魔道研究所のローブを華やかにした、魔道士の正装姿だった。研究所では階級によってローブの色が違うようで、ヴェルネリの黒とヘルカの白なら白の方が一ランク上で、その最高位が薄紫らしい。

紫水晶《アメジスト》色のローブの裾には、銀の刺繡《ししゅう》で蔦《つた》のような模様が描かれている。袖口にも同じような模様があり、布地に縫いつけられた小さな魔石が光を受けてきらきら輝いている。

ローブの胸元で輝くのは、バルトシェク家の家紋入りのブローチ。ハートのような炎のようなこの家紋は、「レンディア王国を導く、しるべの灯火《ともしび》であれ」という意味が込められているという。

いつもは右の肩口で緩く結ぶことが多い髪は、後頭部で一つに結わえている。そうするときれいなうなじがさらされることになり、いつもとは少しだけ雰囲気が違って見えた。

ライラの方はおまけなので、あまり目立たない彩度を落とした黄色のドレスを着ている。装飾も少なめで、あくまでもユリウスを目立たせる脇役に徹する自分にぴったりだと思う。

「緊張しますね……」

「……そうだね。ライラはこれまで、社交界にもあまり出ていないものね」

「……ユリウス様も同じようなものな気がしますが、緊張しないのですか？」

ライラが指摘すると、ユリウスはくすっと笑って小さく首を傾《かし》げた。

「それもそうだね。うまくいくかな、ミュレルの王女様とうまくやっていけるかな、っていう不安はあるけれど、緊張はしないね」

「お強いのですね……」

「いや、僕は強くないよ。……こうして、ライラやヴェルネリ、ヘルカがいるから僕は強くなれるし、きっとうまくいく、と信じられるんだ」

ユリウスが言ったので、ライラは正面を見た。

ローブ姿のヴェルネリとヘルカは、向かいの席の端と端ぎりぎりまで離れて座っている。そしてヴェルネリはライラの視線を受けると、ふんと鼻を鳴らしてそっぽを向き――ながらもその口元が嬉しそうにほころんでいるのは隠せていないし、ヘルカも上品に微笑《ほほえ》んでいる。

……そうして、ライラは気づいた。

（ユリウス様も、私と同じなんだ。ユリウス様は最強の完璧な魔道士じゃない。私と同じで不安になることもあるけれど……周りの人の力を借りて、強くなっているんだ）

こくっと唾を呑《の》み、ライラはおもむろに右手を動かした。そしてユリウスの手の甲に触れて、ぎゅっと指を握り込むように手を握る。

この大きな手があるから、ライラも強くなれる。

ライラたちの乗る馬車は王都の門をくぐり、そのまま目抜き通りを北上して王城へと進んでいく。

「あまり顔を見せない方がいいです」というヴェルネリの助言があったので、そっと窓のカーテンを捲《めく》って外の様子を窺《うかが》ったところ、やはりというか、立派な馬車は城下町の人々の関心を惹《ひ》いており、皆こちらを興味津々の眼差しで見てきていた。

「私たち、注目を集めていますね」

「既に王女殿下ご一行は離宮に到着なさっている。だから一般の人たちもこの馬車を見て、ミュレル王国関連だろうと想像しているんじゃないかな」

「あ、なるほど」

ライラも十八年間王都で暮らしてきたが、こんな立派な馬車は滅多に見たことがない。だが見るとしたら、王城に重要な客が来ている時や国を挙げての式典のある日や祝日などが多かったと思う。

レンディア王城は周囲を高い壁で囲まれており、城下町との間には堀が巡らされている。そこに掛かる橋は一応跳ね橋状態になっているが、これが上げられることはない。

跳ね橋が上がるのはレンディア王国が襲撃されて、国の存亡が危うくなるような事態になった時のみ。レンディアの王族はこの跳ね橋が常に下ろされ、様々な立場の人たちがいつでも城と城下町を行き来できるように心を砕いているのだ。

城壁の内側は、さらにいくつかの区域に分かれている。レンディア王城本体の他に、王子王女などが住まう離宮、騎士たちが活動する騎士団区、広々とした庭園などがあり、庭園までならば一般人でも身分照会の上で散策することが許されている。レンディア王城は、非常に開放的な雰囲気なのだ。

馬車は正面に見える本城ではなくて、離宮の一つに向かった。ユリウスは既に数日前に国王に挨拶をして文官たちと今度の予定の打ち合わせをしているそうなので、今回ライラたちが本城に行くことはない。それを聞いて、ライラも少しだけ安心できた。

「こちらにミュレル王国第一王女・シャルロット殿下ご一行が滞在なさっています」

そう説明するのは、馬車から降りたライラたちを出迎えた騎士だ。鎧《よろい》は纏《まと》っておらず、胸にたくさんの勲章がある。後でヘルカに教えてもらったのだが、彼は離宮を監督する騎士団の部隊長で、かなり身分が高いらしい。

「王女殿下は、ユリウス様とお会いできることを非常に楽しみにしてらっしゃるご様子です。もしよろしければこの後すぐ、王女殿下のお部屋にご案内しますが」

「もちろん、すぐにお伺いします。案内願います」

ユリウスはそう言って、ライラの手を引いた。

ユリウスがライラを同伴することは報告済みであるし、シャルロット王女の承認も得ている。当然この騎士も把握済みなので、彼はライラにも丁寧にお辞儀をして、「ライラ様もこちらへどうぞ」と言ってくれた。

（普通なら、私の方が敬意を払うべき立場だけど……今の私は、ユリウス様のお付きだものね）

昔のライラなら、騎士団部隊長を前にしたら緊張して固まってしまっただろうが、今は違う。バルトシェク家の女性たちも、「その状況に応じた立ち居振る舞いをすることが大切です」と教えてくれたのだ。

そういうことでライラはユリウスに寄り添って、「こちらこそ、どうぞよろしくお願いします」と落ち着いて応じることができた。内心では緊張しまくっていたが、なんとか隠し通せたようだ。

こちらを見たユリウスが、微笑んでいる。何も言わないが彼の眼差しは、「その調子」と語ってくれていて、ライラは自信を持って、ユリウスと歩調を合わせて歩きだした。

離宮はとても広くて、おまけに似たような光景が延々と続くため、案内する騎士がいなければ間違いなく迷子になっていただろう。

(というか、建物の中なのにすごく歩く……偉い人は、結構足腰が鍛えられそうだな)

シャルロット王女は、離宮の二階奥にある書斎でユリウスを待っているとのことだった。

「ユリウス・バルトシェク様をお連れしました」

騎士がドアをノックすると、お仕着せ姿の青年が顔を覗《のぞ》かせた。少しピンと跳ねた癖のある黒髪に、半眼気味の茶色の目。その格好からしておそらく、王女の従者だろう。

「ようこそいらっしゃいました。どうぞ、こちらへ」

青年はあまり感情の起伏が感じられない声で言うと、ドアを大きく開けた。隣にいたユリウスがちらっとライラを見てから、自分の後ろに控えていたヴェルネリとヘルカを見る。ここから先は、ライラ以外の人を連れて入ることはできないのだ。

心得たように二人は頷き、騎士と並んで壁際に後退した。少し心細いが、誰よりも頼りになるユリウスが側にいる。

書斎には大きなカウチがあり、金髪の女性がそこに座っていた。

冠のように結い上げた髪は淡い金色で、長い睫《まつげ》毛の下から覗く目は澄んだ青色。化粧を施した顔はまだ少しだけあどけない雰囲気があって、愛くるしい美貌を持っている。だが纏うドレスは重厚な濃い緑色で、年若くとも既に王族としての威厳を身につけているようだ。

ミュレル王国第一王女・シャルロットはカウチから立ち上がると、ユリウスの前に立った。彼女はかなり小柄で、おそらくライラの目の高さにつむじがあるだろう。そのためユリウスとの身長差は相当なものになり、晴れた空のような目を瞬かせてユリウスを見上げている。

すぐにユリウスはその場にしゃがみ、頭を垂れた。ライラもドレスの裾を摘《つま》み、淑女のお辞儀をする。

「お初にお目に掛かります、シャルロット王女殿下。レンディア王国バルトシェク家のユリウスと申します」

「初めまして、ユリウス様。お噂はかねがね」

可憐《かれん》な見目の王女だが、声は思ったよりも低い。彼女はユリウスに立つように言った。

「今回は、わたくしの世話係になってくださったことにお礼を申し上げます。レンディア王国への

滞在は二ヶ月ほどになります。その間、あなた方の手を煩わせることになるでしょうが、魔道について能動的に学びたいと思っておりますので、どうぞよろしくお願いします」

「こちらこそ、王女殿下のご期待に応えられるようにいたしますので、よろしくお願いします」

ユリウスの言葉にシャルロットはゆっくり頷くと、続いてライラの方を見てきた。

美貌の王女に見つめられて、どきり、と胸が高鳴る。

「あなたのことも、伺っております。ユリウス様の婚約者で……体調管理係、ということでしたか？　改めてお名前を伺っても？」

シャルロットはきちんとライラの名前を聞いているはずだが、あえて質問してきた。王女の方から発言を促してきたので、これでやっとライラは口を開くことを許されるのだ。

「お初にお目に掛かります、シャルロット王女殿下。私はライラ・キルッカでございます」

「キルッカ嬢ですね。……あなたは平民で非魔道士だと伺っていますが、医師なのですか？　見たところ、わたくしとさほど年が変わらないようですが」

そう問うシャルロットの声には、ほんの少しだけ緊張の色が滲《にじ》んでいるようだ。

すぐに、ユリウスの方が説明を申し出る。

「私は魔力過多の傾向にあるのですが、こちらのライラは特殊な体質持ちで、魔道士の魔力を無効化できます。よって、私の中で魔力が膨れあがらないように彼女を側に置き、適宜身体接触をするようにしているのです」

「……ああ、なるほど。そういうことでしたか……」

シャルロットは意外そうに目を丸くして、しげしげとライラを見てきた。その顔からはそれまでの澄ました仮面が少し剝がれており、ライラは気恥ずかしくなりつつも、こちらの方が王女は生き生きしている、としみじみと思った。

(やっぱり、珍しい体質だよね。……ん?)

ふと、ライラは胸の奥がそわっとするような感覚を覚えた。なんとなくだが、背後から誰かに睨《にら》まれているような気がする。

ライラの後ろはドアなので、睨んでくるとしたら……あの黒髪の従者くらいだ。

(私が王女様に害を与えないかって、心配しているのかな?)

それは従者としてはもっともな不安だろうが、王女も優秀な魔道士だということだ。だからもしライラがよからぬことを企《たくら》んでいてこの場が血に染まることになったとしても、出血するのはライラの方だろう。


本日は挨拶と、今後のスケジュールの確認だけした。

王女について、ユリウスやバルトシェク家の者、そして重鎮たちは「遊学というのは建前で、王子妃になるために送り込まれてきたのではないか」と予想している。だが魔道研究所の訪問予定日や、魔道器具の開発場所の見学などについて計画をすり合わせる時のシャルロットの横顔は、明らかにきらきらと輝いていた。

大人たちの思わくがどうであれ、シャルロットは魔法への関心が強く、レンディアから多くのことを学びたいと思っている気持ちに偽りはないようだ。

その場の雰囲気もぴりっと張りつめてはいたが、ユリウスはいつも通りおっとりとした口調で魔道研究所の説明などをして、シャルロットも落ち着いた口調で受け答えしているので、重い空気にはなっていない。ひとまず初日は、和やか――とまでは言えないがよいスタートを切れたようだ。

明日からライラはユリウスに同行して、一緒にシャルロット王女の世話をする。といってもライラの仕事はヘルカと一緒に別室に待機して、ユリウスの魔力が溜《た》まりすぎないように適宜手を握ったりするくらいだ。

――と、単純に思っていたのだが。


「……付添人《コンパニオン》？　私が？」

「うん……僕も、まさかこうなるとは思っていなかった」

そう言うユリウスは、明らかに困った顔をしている。基本的にあまり物事に動じないユリウスがこんな顔をするのは、珍しいことだ。

しょぼんとした様子のユリウスの背中をトントンと叩《たた》くライラだが、正直なところ今の彼の発言が半分以上理解できていない。

「ええと……私を王女殿下の期間限定の付添人《コンパニオン》にするように、って言われたんですね？」

「そう。本当は他の下級貴族の女性が付添人《コンパニオン》になる予定だったんだけど、王女殿下ご本人が君を推薦したんだ。というか、君じゃないと嫌だって言ったらしい」

「……なんでそうなるんでしょうか」

思わずライラも、頭を抱えてしまった。

付添人《コンパニオン》とは色々な意味合いがあるが、今回の場合は王女殿下の側に控えて雑談をしたり一緒にお茶を飲んだりする――お友だちのような立場にあたる。少し前まではレンディアにもあった制度であるが、ミュレルでは今でも高貴な女性の側に少し年長の女性を付添人《コンパニオン》として控えさせるものらしいので、今回王女のためにレンディア側が急遽《きゅうきょ》採用したそうだ。

「ライラはシャルロット王女殿下よりも二つ年上で、上流市民階級にあたる。これだけで付添人《コンパニオン》になる条件は満たしているし、なんといっても王女殿下本人がどうしても、と主張されているんだ」

「あ、あの……つまり、王女殿下直々の推薦により、私が付添人《コンパニオン》になるんですよね？」

「うん」

「念のために聞きますが、拒否権は？」

「国王陛下も大臣たちも、君の意思を可能な限り尊重したいと仰せだ。ただ……できるなら了承してもらいたいとのことだ。その間、君の生活の保障はするし、困った時には君が気兼ねなく国に頼れるように采配もすると約束なさっていた。ヘルカなど、護衛を側に置くことも了解なさっている」

「……そう、ですか」

ユリウスは始終申し訳なさそうだが、今の彼の説明でほんの少しだけ、ライラの気持ちは浮上した。

隣国の王女の付添人《コンパニオン》になるなんて大役が、自分に務まるとは思えない。だが、レンディア王国はシャルロットを賓客としてもてなすべきであるし……レンディア国民であるライラも、上からの命令に従うのが道理だ。

だが、大臣や国王は、王女の我儘《わがまま》とはいえライラを巻き込むことを申し訳なく思ってくれている。上流市民階級程度の小娘に対して、「やれ」と頭ごなしに命じることもできるというのに――

ライラの意思を尊重して、しかもフォローまで約束してくれるという。

ライラはしばし黙って頭の中で言葉を整理した後、目を開いて頷いた。

「分かりました。お役目、ありがたく拝領いたします」

「ライラ、無理をしてはいけないよ」

「無理ではありません。ユリウス様のお話を聞いて、私もレンディア国民としてできることをしたいと思いましたし……それに、ひとりぼっちで戦場に放り出されるわけでもありませんし」

心配そうな顔のユリウスに微笑みかけ、ライラは右の人差し指をぴっと立てた。

「元々ユリウス様は王女殿下の世話係ですから、お役目の間ユリウス様の側にいる、よりよい口実ができたということになります。ヘルカも連れて行けますからね。それに、もし困った時には遠慮なく偉い人に頼らせてもらいます。その権利は、あるはずですよね？」

ライラは自己犠牲精神に溢《あふ》れた聖女ではない。だから、嫌なものは嫌と言うし、困った時には遠慮なく誰かに頼る。

今回の場合、シャルロット王女の要望をレンディア王国が受けて、ライラに付添人《コンパニオン》の依頼をするという形になっている。国王たちはライラの味方になってくれるはずだから……まずい、と思ったら国に対応を任せるつもりだ。ライラ一人が苦しみ、悩む筋合いはない。

はっきりと言うと、ユリウスはしばしぽかんとしていた。だがそれまでは険しい顔をしていたへルカがくすっと笑ったのを皮切りに、ヴェルネリははーっとため息をついて肩を落とし、ユリウスも頰にほんのりと笑みを浮かべた。

「……うん、それもそうだね。国王陛下は伯母上の親友だし、むしろライラが甘えて頼れば張り切って、手練《てだ》れの護衛騎士を百人くらい付けてくれるよ」

「さすがにそれは結構です……」

百人もの屈強な男たちに囲まれて王城を移動する自分を想像したライラが真顔で言うと、ユリウスは笑みを崩すことなく頷いた。

「それくらい、皆が君を気遣っている、ということだよ。……もちろん僕も、君一人に重責を負わせたりはしない。シャルロット王女の意図が何であれ、たとえ相手が王女だろうと君に危害を加えたり理不尽な命令をしたりするようであれば……黙っておかないつもりだ」

「そ、それはそれで大丈夫なのですか？」

「うん、王女殿下もご承知だよ。……王女殿下はきっと、非魔道士の君に興味を持たれたんだろう。魔道士と非魔道士に格差を生んではならない、というレンディアの方針は王女殿下もよく分かってらっしゃるはずだし。ただ、色々質問攻めには遭うかもしれないけれど……」

「はい、大丈夫です。……私、王女殿下をおもてなししたいです」

優秀な魔道士でもある隣国の美しい姫君と、たかが商家の娘で魔法の一つも使えないライラ。

普通ならもてなすどころか、近くに参上することさえあり得ないような巡り合わせだが、きっとライラにできること、ライラにしかできないことがあるはずだ。

それに、ライラは一人ではない。

守ってくれる人、頼らせてくれる人、相談に乗ってくれる人がいるから、困難にも立ち向かえる。

＊＊＊

かくしてライラは、「ユリウス・バルトシェクの健康管理係」から、「シャルロット王女の臨時付添人《コンパニオン》」に格上げになり、ユリウスと並んで堂々と王城に参上できる立場になった。

ちなみに本来付添人《コンパニオン》になる予定だった貴族女性に話を通したところ、あっさり了承の意をもらえた。

彼女は大役から外されたことを残念がっていたようだが、だからといってライラを恨むつもりはないようで、むしろ「王女殿下をお迎えする上で、知っておいた方がいいこと」という書き付けの束を届けてくれた。ライラも改めて挨拶をしに行ったのだが、品があって穏やかそうな魔道士の女性で、「無理はなさらないでくださいね」という優しい言葉までもらえた。

（本当に私って、周りの人たちに恵まれているな……）

もし国王があくどかったり大臣たちが意地悪だったり、付添人《コンパニオン》候補だった女性が嫉妬してきたりしたら、こうはいかなかっただろう。

さて、ライラはシャルロット王女直々の推薦により付添人《コンパニオン》になり、初日は書き付けの束を胸に抱えてどきどきしながら参上したものなのだが、これといって特別な仕事が与えられることはなかった。

ユリウスはシャルロットが滞在する約二ヶ月間のスケジュールを作っており、魔道研究所の訪問や市場観察などを行うことになっている。

当初の予定ではユリウスの活動中は別室待機することになっていたライラも、シャルロットの付添人《コンパニオン》ということで三人一緒に行動することになった。

もちろん、ヴェルネリやヘルカ、シャルロットの従者であるエリクという黒髪の青年やレンディア騎士なども連れて行くことになるが、専らユリウスとシャルロットが魔法についての談義をしたり、難しい話をしたりするのを傍らで聞くだけだった。

　今日は午後から、城下町の視察に行くことになっていた。

　城内ならともかく、町中であの立派なローブや華やかなドレスを着ていると悪目立ちしてしまう。そういうことで本日のユリウスは貴族の男性が着るジャケット姿で、シャルロットも春の到来を待ちわびているかのような緑と桃色の簡素なドレスを着ている。そのため二人が馬車から降りて城下町を歩いていても、貴族の男女が散策している程度に思われる。

　今日のユリウスはシャルロットに、レンディア王国での魔道士と非魔道士の生活風景を見せたいようだ。そのためには国民たちの自然な生活風景を見せる必要があるので、あまりにもきらきらしい格好をしていると市民たちもこちらに注目しすぎて、自然でなくなってしまうのだ。

　そんな二人の後を、ワンピース姿のライラがちょこちょことついて回っている。傍目《はため》から見るとユリウスとシャルロットが主人で、ライラはメイドか何かだろうが、ライラも変に目立つ気はないのでこれくらいで十分だと思っている。

「……なるほど。町のあちこちで魔道器具が使われているようね」

「はい。まだ一般市民には手が出しにくい値段ではありますが、いずれ多くの人々が気軽に魔道器具を扱えるようになればと考えております。まずは日常生活に魔道器具があるのが自然になるよう、魔道研究所では施策を行っております。たとえば……」

　ライラの前方で、ユリウスとシャルロットが話をしながら歩いている。

シャルロットに関して色々な憶測はあるがやはり、魔法への関心が強いというのは事実だろう。ユリウスの話を真剣な眼差しで聞いているし、あの店は何だ、今の通行人が持っていたものは何だ、今魔法の気配がしたが何か起きているのか、ということをぽんぽん質問して、ユリウスに答えさせている。

そして、傍らにあの黒髪の従者・エリクはいるが、ユリウスから聞き取った情報は自分の手でメモをしていた。左手に紙を留めたボードを抱えており、右手に持つペンがせわしなく動いているのがライラの方からもよく見えた。

（とても勉強熱心な方なんだな……ユリウス様も、真剣な顔で話をなさっているし）

基本的に穏やかな表情であることの多いユリウスだが、魔道の名家・バルトシェク家の教えを叩き込まれただけあり、魔法研究に関する時には彼もいつになく真剣な表情になる。

それは、魔法によってこのレンディア王国がもっと豊かになれば、自分のように苦しむ人が少しでも少なくなれば、という願いや目標があるからであり、ライラも……そんなユリウスの真剣な横顔を見るのが、結構好きだった。

「……まあ、見て。あのご一行」

「貴族の方かしら？」

ふと声が聞こえてきたので、なんとなくそちらを見る。どうやら通行人がユリウスとシャルロットに注目して、噂話をしているようだ。

確かにシャルロットは王族だし、ユリウスも平民階級ではあるが物腰柔らかな貴公子だ。少々地味な装いをしようと、気品などは隠すことができないのだろう。

「お二人、真剣な表情でお話を……ひょっとして、ご夫婦かしら？」

「きっとそうよ。あんなにたくさんの使用人を連れているんだし」

「そうよね。美男美女で、お似合いのお二人だわ」

……その声は、ライラの耳にやけに大きく響いた。

思わず足を止めそうになったが、柔らかい手がそっと背中を押してくれたので、大通りのど真ん中で立ち止まらずに済んだ。きっと、ヘルカだろう。

なんとか機械的に足を動かすことはできたが、周りの景色を楽しむことはおろか、前方にいるユリウスたちの背中を見ることさえできなくて、つい視線を足下の石畳に落としてしまう。

お似合いの二人。

それは、ユリウスとシャルロットのこと。

（……確かにお二人とも容姿端麗だし、ほどよい身長差もあるし……）

ライラもそれほど背は高くないが、シャルロットはさらに小柄なのでユリウスの胸元ほどの高さに頭がある。

思わず守ってあげたくなるような可憐な女性と、穏やかで美しいかんばせを持つ背の高い男性。

そんな二人が寄り添って歩いていれば確かに、夫婦だと思われてしまうものだろう。

……ほんの少しだけ。ライラの胸の奥で、黒くてうねうねしたものがうごめく。

本当なら、ユリウスの隣に立っているのは自分のはずなのに——

（……ええい！　違う、違う！　そんなことを考えるのは、大間違い！）

ぱちん、と右手で自分の頬を思いっきり叩く。音に反応したのかユリウスが驚いたように振り返り、ライラの奇行を目にしたヘルカが背後で息を呑んだのが分かった。

ライラは誤魔化すように「あら、虫が……」と手で幻の昆虫を追い払う仕草をしながら、深呼吸する。おかげで、だいぶ頭の中はすっきりした。

通行人はユリウスとシャルロットが夫婦だと勘違いしたようだが、それはそれ、これはこれ、だ。今はユリウスもライラも、仕事中だ。ユリウスに浮《うわ》ついた様子がないのは明らかだし、婚約者が真面目に仕事をしている傍らでライラが卑屈になるなんて、おかしい。

（私、シャルロット様に……シャルロット様の立ち位置に、嫉妬してしまった）

その気持ちを否定することはできない。だがだからといって、その感情を表に出してはならない。それはシャルロットに対してもユリウスに対しても、失礼なことになってしまう。

自分で引っぱたいた頬をさすりながら、ライラはあたりを見回した。相変わらずユリウスとシャルロットは注目されており、また別の男性が「絵になる二人だな」と呟《つぶや》くのが聞こえた。

……そう、ここでひねくれている場合ではない。

（そう、そうだ！　私の婚約者は、隣国の王女様と並んでも全く引けを取らないどころかいっそう輝かしく見えるほど、素敵な男性なんだからね！）

別に誰かに見せるわけではないがふふんと胸を張り、ライラは堂々たる足取りで進む。

たとえ今のライラが、キャンバスに描かれたユリウスとシャルロットの端っこに映る観葉植物程度の扱いだとしても、構わない。

ライラは、立派な婚約者のことを誇っていたかった。


町の散策を終えて、シャルロットを離宮に送り届けたら本日の仕事は終了だ。

……なのだが、去り際にライラはシャルロットに捕まってしまった。

「いつも、ごめんなさいね。あなたを連れ回してばかりで」

そう言ってシャルロットが申し訳なさそうに目を伏せたので、ライラは悲鳴を上げるかと思った。

（王女様に謝罪されるなんて……あってはならない！）

「め、滅相もございません！　私のことなんて、動く等身大の人形か何かだとでも思ってくだされば！」

「いいえ、わたくしの方からあなたを付添人《コンパニオン》にしたのに、あなたには難しい話ばかり聞かせてしまって、退屈だったでしょう。暇にさせてしまったわね」

シャルロットはあまり表情を変えずに言った。そしてほんの少しライラが目を見開くとそれをどう取ったのか、淡く色づいた唇をほんの少し緩めた。

「これまでは魔道研究所の訪問や町の視察が主だったけれど、今度ユリウス様を離宮にお招きすることになっているの。その時のお茶の時間にでも、あなたとお喋《しゃべ》りしたく思っているわ。同席してくれるかしら？」

シャルロットは一応疑問形で言っているが、実質これは命令だろう。よほどの事情がない限り、ライラに拒否権はない。

（え、ええと……ユリウス様と一緒に王城に行く日は、花嫁修業の予定も入れていないし……断ることは、できないよね）

「……かしこまりました。喜んで、ご相伴《しょうばん》に与《あずか》ります」

「ありがとう、楽しみにしているわ」

シャルロットは頷くと、もう行きなさい、と手で示してきた。

……その後すぐにユリウスたちと合流して屋敷に帰れたのだが、なんとなくライラの胸の奥はもやっとしている。というより、今日はずっと黒いもやが胸の奥で常駐している気分だ。

そしてそんなライラに気づかないユリウスではない。

「……ライラ。今日の仕事中、気になることがあった？」

ユリウスがそう尋ねてきたのは、夕食を食べて寝る前の茶を飲んでいる時間のことだった。

ヴェルネリとヘルカは、茶と茶菓子を準備すると音もなく部屋を出て行った。いつもユリウスやライラの方から「下がっていい」と言うまでは側にいる彼らにしては、珍しいが――

（もしかすると二人も、私が黒いもやを抱えていることに気づいたのかも……）
自分でも感情を隠すのは苦手な方だとは思っているが、そこまで露骨に態度に表れていたという
ことだろうか。
ティーカップを置いて正面を見ると、ユリウスが真剣な眼差しでライラを見ていた。真剣、と
いっても今日の昼間にシャルロットの隣で見せていたものとはまた違う種類のようだが。
……シャルロットのことを考えると、みぞおちのあたりをぐりっと押さえつけられたかのように
体が重くなった。
（ここで、「何でもありません」と言ったらきっと、ユリウス様は引き下がる。でも……）
もしかするとこの先、話がこじれるかもしれない。
今は自力でなんとか押さえつけているこのもやもやが、いつか表に噴き出すようなことになれば
……。
意を決して、ライラは息を吸った。
「……少し、気がかりなことがあるのです」
「そっか。僕にそれを教えてくれる？」
「……お教えしたいのですが、ユリウス様に幻滅されないかと不安な気持ちもあります」
「そうだね……基本的に君のことなら幻滅なんてしないつもりだけど、内容にもよるかも。それで
もよかったら、話してくれるかな？」

ユリウスの生真面目な返答を聞いて、ライラはつい小さく噴き出してしまった。

ユリウスはライラに甘いが、だからといって盲目的に信頼するわけでも愛情で雁字《がんじ》搦《がら》めに縛り付けてくるわけでもない。たとえばもしライラがシャルロットを罵倒するようなことがあれば、ユリウスだって真剣な顔でライラを諭すだろう。

だめな時はだめだと言うし、それをライラが傷つかないようにやんわりと教えてくれる。

そんな公正なユリウスだから、ライラは彼のことが好きだし……悩みを相談したい、と思えるのだ。

だからライラは思いきって、昼間の視察のことをユリウスに話した。

(このもやもやは、色々な感情があるけれど……一番大きいのは、「嫉妬」だ)

自分は感情が豊かな方だと思うが、それでもこれまでの人生であまり嫉妬したことはない。するほど執着のある対象がなかったから、というのが大きな理由だろうが、嫉妬しなくても心が満たされていたし、ライラを嫉妬させるような存在も現れなかったから、というのもあるだろう。

だが今、ライラの胸の中には確かに、嫉妬の気持ちがあった。

ユリウスと並んで「お似合い」と言われるシャルロットが、羨ましい。

ぱっとしない容姿の自分ではとうてい敵《かな》わない相手だから。その美貌が、ユリウスと並んでも遜色のないことが、羨ましい。

ユリウスは最初、難しい顔でライラの話を聞いていた。何かに怒っているというより、ライラの話の意図がいまいち摑《つか》めていなくて悩ましい顔になっているのではないかと思われる。

だがライラがはっきりと「私は王女殿下に嫉妬していました」と告げた途端、ユリウスは雷魔法でも食らったかのように驚いた顔になった。

「嫉妬……ああ、そうか。君は、嫉妬したのか……」

「す、すみません。自分でも、情けなくて……」

「そんなことないよ。……話してくれて、ありがとう」

ユリウスは穏やかな表情で言うと立ち上がり、ライラの隣にすとんと腰を下ろした。

かつては骨と皮状態だったユリウスもここ半年で、すっかり標準体型になった。そんな彼が隣に座ると自然とソファの座面も彼の方に沈み、ライラの体がユリウスの肩にとん、と当たる。

ユリウスは片腕でライラを抱き寄せると、つむじに頰を寄せてきた。

「ライラが嫉妬で苦しむ姿を見ていたくないから今、はっきり言っておくね。僕と王女殿下は決して、異性の関係にはならない。僕にとっての王女殿下はいわゆる、仕事の相手だ。だから、周りの人がなんと言おうと耳を貸さなくていいよ。君が困るのなら、王女殿下との距離の取り方にも気を付けるし」

「……。……ユリウス様。私も最初は、あなたとシャルロット様をお似合いだという声を聞くのが嫌でしたし、自分の中の嫌な感情が溢れてしまいそうになりました」

手を伸ばして、ユリウスのもう片方の手をぎゅっと握る。

少し骨張っていて大きい、大好きな人の手。

ライラを抱き寄せて愛情を伝えてくれるこの手が、大好きだ。

「でも、こんなんじゃだめだって自分に言い聞かせたのです」

「もしかしてそれ、パンって音がした時のこと？」

「それです。……私、あなたのことを誇っていたいのです」

周りの声を聞くのが嫌で、耳を塞ぐのは簡単なことだ。私は何も聞いていない、としらを切れば、ひとまずその場は切り抜けられるだろう。

だが、いつもいつまでも耳を塞いでいればいいわけではない。耳を塞ぐことさえ許されない環境に放り込まれることもあるだろうし、嫌でも話を聞かなければならないような状況に陥ることだってあり得る。

嫌なもの、怖いものから逃げるだけでなくて、少しくらいは立ち向かえる強さがほしい。

「だから、耳を貸さないというより、もしそういう声が聞こえても毅然《きぜん》として対応できるようになりたいんです。私の婚約者様は格好よくて、王女様からも頼りにされていて、すごい人なんだ！　羨ましいだろう！　と言えるくらい……強《したた》かになりたいんです」

「ライラ……」

「私、こうしてユリウス様が話を聞いてくださるだけで、とても安心できました。だから、ユリウス様は今のユリウス様のままでいてください。私はそんなあなたを誇れるようになります」

そう言ってライラが微笑むと、ユリウスはヘーゼルの目を大きく見開き――そしてライラが握っていた手をすぽっと抜くと、なぜか自分の左胸をぐっと押さえた。

「っ……どうしよう……今のライラが素敵すぎて、眩《まぶ》しすぎて……胸が苦しい……」

「え……ええっ!? あ、あの、まさか、発作とか……!?」

「いや、そういうのじゃないよ。……僕、お嫁さんのことは自分で守らないと、って思っていたけれど、そうじゃないんだね。ライラはこれだけ強くて、素敵な人なんだと思うと……驚きとか感動とかで胸がいっぱいになってしまったんだ」

そう言うとユリウスは胸をトントンと拳で叩いてから手を離し、両腕でぎゅっとライラを抱きしめてきた。

「……君の気持ち、確かに聞き入れたよ。僕も、そんな君が大好きだ。眩しくて、僕を暗闇から引っ張り出してくれる君が……本当に、好きだ」

「ユリウス様……」

顔を上げると、少し潤んだヘーゼルの目と視線がぶつかった。彼は無言だがその眼差しが何よりも今のユリウスの気持ちを雄弁に語っているようで、ライラは腕を伸ばしてユリウスの首に抱きついた。

唇が、奪われる。

いつもならもっと丁寧で優しく触れてくるというのに、今日のユリウスのキスはいつもより少しだけ強引で、がつがつしたものを感じる。

でも、ちっとも嫌だとは思わない。

「……ユリウス、様……」

「……どうしよう。このまま寝たら、僕、ライラにすごくひどいことをしてしまいそう……」

「え……えええ!? ち、ちょっとそれはご遠慮願いたいような……」

「そうだよね。君に嫌われたくないから、ちゃんと我慢するよ」

顔を離したユリウスは、そう言って微笑んだ。温《ぬく》もりが離れていって少し物足りない気持ちになるがそのままユリウスは立ち上がり、「ちょっと待っていて」と言ってリビングから出て行った。

すぐに彼は、小さな箱を手に戻ってきた。

「お待たせ。……君に渡したいものがあるんだ」

「は、はい」

元の場所に座ったユリウスが、ライラの目の前で箱を開く。そこにあったのは――

「……ペンダント?」

「うん。僕が作ったんだ」

ユリウスは自慢げに胸を張っているが……ライラは彼が箱から出した「それ」を、しげしげと見つめてみる。

ライラは思わず「ペンダント?」と疑問形で問うてしまったが、それも仕方がない。ネックレスの先に宝石がぶら下がっていることからこれを「ペンダント」と判断したのだが、なかなか奇抜なデザインだったのだ。

まず鎖は金や銀ではなくてなぜか青と緑の斑《まだら》色で、ところどころから細い糸のようなものが飛び出している。まるで、雑草を引っこ抜いた時に見える細かい側根のようだ。

鎖の先端にあるペンダントトップも、普通ならつるっとした宝石や真珠だろう。だがこれはうねうねした微生物のようななんとも言えない形状をしており、それが無駄にきらきらしい金色に輝いている。あと、そのペンダントトップがやたら大きい。ライラの拳くらいはありそうだ。

そう、ヴェルネリとヘルカがよく言っているではないか。「ユリウスの美的センスは、かなり独特だ」と。

ライラが目を皿のようにしてペンダントを凝視しているのを見てどう思ったのか、ユリウスは少し焦ったようにライラの目の前でそれをゆらゆら揺らした。

「あ、大丈夫だよ！　これ、見た目のわりに軽いから！」

「そ、そうですか……」

心配しているのはそこではなくてデザイン全般なのだが、それを言うのは憚《はばか》られた。

「これね、鎖からペンダントトップの魔石まで僕が作ったんだ。この前の花婿修業で、女性に宝飾品を贈るといいってこととか、妻は夫が守ってあげるべきだってこととかを教えてもらって。それで、離れたところでも僕の魔力でライラを守れるように、お守りの効果もあるアクセサリーを作ったんだ」

「そ、そうなのですね……」

「うん。この鎖は柔らかくて軽いけれど強度が高くて、この小さな繊維には重量軽減魔法を掛けている。ペンダントトップの魔石は色々試行錯誤をしたけれど、この形状が一番効果があったんだ。あと、ライラは僕のお嫁さんだっていう証明もほしいから、魔石の色は僕の目の色にした」

どうやらパーツ一つ一つに、ユリウスの絶大なるこだわりが込められているようだ。しかも彼が勉強の結果、ライラを守りたいという願いで作ったのだと言われると……デザインにケチをつけることなんて、できなかった。

（う、まあ、ちょっと派手だけど、おしゃれと言えばおしゃれだし……）

ライラが迷ったのは、ほんの二秒ほどだ。

ライラは苦笑しつつも、ありがたくペンダントを受け取った。ユリウスの言う通りそれは見た目よりもずっと軽いし、体毛のようなものが飛び出た鎖の部分も思ったよりも肌触りがいい。普通のアクセサリーのように金属特有のひんやりとした感触もないので、身につけやすいかもしれない。

何より、ユリウスが一生懸命作ってくれたものだ。

「ありがとうございます、ユリウス様。大切にしますね」

「うん。……できれば付添人《コンパニオン》としての仕事中も、ずっと身につけておいてね。王女殿下のことを疑うつもりはないけれど、念には念だ。それに、お守り代わりのアクセサリーなら身につけていても

不審に思われることはないからね」

「……」

「ライラ?」

「あ、いえ。ユリウス様のおっしゃる通りです。明日から早速、つけさせてもらいますね」

「うん、ありがとう」

ユリウスは、とても嬉しそうだ。

そんな彼の気持ちに水を差すつもりはないので言わなかったが、これをドレスの上につけて城に行けば間違いなく悪い意味で皆の注目を集めてしまうので、服の下に隠すようにしておこう、とライラは決めたのだった。

4章 ♦ ライラだからできること

あくる日、ライラたちはたくさんの本を馬車に積み込んで、シャルロットの待つ離宮に向かった。王家が準備した馬車は内部がとても広いので、本を積んだくらいでは狭さを感じることはない。

「すごい量の本でしたね。あれを、王女殿下に？」

「うん。今日はレンディア王国の魔道軍における戦術を指南するんだ。だから、資料とか地形図とか色々必要になるんだ」

隣に座るユリウスが教えてくれたので、ライラは目を丸くした。

「それじゃあユリウス様は、戦術もお得意なのですか？」

「うーん……実戦経験はほとんどないけれど、知識としては頭の中にあるよ。ほら、僕って君と婚約するまでは屋敷に引きこもりがちだったじゃない？　昔から時間だけはあったから、養父が色々な本を取り寄せてくれたんだ。その中に戦術関連書もあって、子どもの頃から結構読んでいたんだ」

「そうなのですね……私ではとうてい理解できそうにないです。ユリウス様は、ご幼少の頃から勉強熱心だったのですね」

「どうなんだろうね。でも僕も、細かい字ばっかりの本はあんまり好きじゃないんだ。ほら、戦術書なら兵の配置図や武器のイラストとかが載ってるじゃない？　そういうのがあるから、字を習いたての子どもの頃でも読もうと思ったんだよ」

「あっ、それは分かります！　私も学生の頃、難しい本でもイラストがあると読もうという気になっていました！」

博識なユリウスと平凡な自分で共通点が見つかった、とライラは一瞬喜んだが、よく考えると十代半ばの学生向けの本と戦術書では、難易度が全然違う。

だがユリウスはこちらに瞳を向けると、ふわりと優しく微笑《ほほえ》んだ。

「君もそうなんだね。それなら、もし気が向いたら僕が愛読していた本、読んでみない？　用兵術の本だけど、図やイラストが結構あるんだ」

「用兵術……」

つまりは、兵士の動かし方についての専門書だ。ライラのような平民なら普通は読むことはなく、騎士の中でも部下を指揮する立場にある者が戦術を練るために参考にするという本だ。

正直ライラはそこまで戦術に関心があるわけではないし、読むなら小難しい本よりも大衆向けの小説の方がいい。

（でも、ユリウス様がこんなに嬉《うれ》しそうな顔で勧めてくるんだし、同じ本で話題ができれば、話も盛り上がりそうだよね）

「ありがとうございます。ただ……私は難しいことを考えるのがあまり得意ではないので、易しめのものでお願いします」

「うん、了解。……あ、そうだ。せっかくだし、普段ライラが読んでいる本を僕に貸してくれない？」

「えっ？」

ライラが普段読んでいる本――小説の中でも、恋愛小説を指しているのだろう。

ヘルカがよくおすすめの恋愛小説本を貸してくれるし、ライラも自分の小遣いで流行の小説を買って読んだりもする。だが、それは女性が主人公で男性と恋をするストーリーなので、おそらく男性が読んでもおもしろいとは感じられないだろう。

「恋愛小説ですか。……その、女性向けなので、ユリウス様が読んでもおもしろくないと思いますよ？」

「うん、僕もそれを確かめてみたいんだ。それに……実は花婿修業中にもアドバイスされたんだ。女性がどのようなことを好きなのか、能動的に研究するべきだって。そのためには、相手の女性――つまりライラが普段何を読んでいるかについて調べるのがいいってね」

「あ……」

つまり、ユリウスもライラと同じようなことを考えていたのだ。

相手が普段どのような本を読んで、どのようなことを考えているのかが知りたい。そしてできるならそれを話のネタにしたり、今後の生活に役立てたりしたい。

「……私も、です。私もあなたが好きな本だから、あなたがその本からどんなことを学んだのか、知りたいから……難しそうだけれど用兵術の本に挑戦したい、と思ったんです」

「そっか。お揃《そろ》いだね」

ユリウスは嬉しそうに微笑むと、「ヴェルネリ」と向かいの席に座る従者に呼びかける。

「今日屋敷に帰ったら、ライラのために本を見繕おう。君も屋敷にある本はほとんど目を通しているみたいだし、協力してね」

「もちろんです」

「あっ、それじゃあ私も、ユリウス様でもとっつきやすそうな本を探してみますね。ヘルカが詳しいし、一緒に探してくれる？」

「かしこまりました。わたくし秘蔵の本の中から、ユリウス様のために厳選いたしますね」

ヘルカが胸を張って言うと、隣に座っていたヴェルネリが胡散臭《うさんくさ》そうな眼差《まなざ》しを横に向けた。

「……おまえの愛読する本はどれもこれもドロドロしているから、ユリウス様にそんなものを読ませるわけにはいかん。もっと後味が爽やかなものにしろ」

「まあ、失礼ね。あなたこそ、血なまぐさくてえぐみの強い歴史の本をよく読んでいるけれど、そんなのをライラ様に押しつけないでね」

「おまえこそ失礼だぞ」

ほのぼのと本についての話をしていたはずなのに、もう正面では喧嘩《けんか》が始まっている。

だがユリウスも従者たちの口論を止めるつもりはないようで、にこにこしていた。

「二人とも、喧嘩するほど仲がいいんだね」

「よくありません！」

二人の声がきれいに重なった。

（そういうところも息がぴったりだし……相手の愛読する本の内容をよく分かっているみたいだし、なんだかんだ言って仲がいいんだよねー）

そう思ったが、突っ込むと後で厄介なことになると分かっているので言わないことにした。


離宮に到着したところで、馬車に積んでいた本を使用人に降ろさせ、シャルロットの部屋に持って行ってもらう。

ライラたちを部屋で迎えたシャルロットは最初、どんどん運ばれてくる本の量に目を丸くしたが、ユリウスの勧めを受けてそれらを手にとってぱらぱらと捲《めく》るうちに、青色の目が強い好奇心の色に染まっていくのが分かった。

「これは……なかなか貴重な本ね。さすがにミュレルには、レンディアの魔法戦闘における歴史についての詳しい資料はないから……」

「お気に召したようで、光栄です。さすがに殿下がこちらに滞在なさっている期間に全てを読むことは難しいでしょうから、気になるものだけ読んでいただければと思います」

「いいえ、全て読むわ。……どれもこれもおもしろそうで、困ってしまうくらいよ。ユリウス様は、見る目がおありなのね」

振り返ってそう言うシャルロットは、尊敬の眼差しでユリウスを見ていた。

「さあ、そちらにお座りになって。わたくし、ユリウス様に戦術について尋ねたいことがあって、資料にまとめておいたの。……エリク、持ってきなさい」

シャルロットに命じられて、黒髪の従者がさっと分厚い資料を持ってきた。なるほど、王女はこの二ヶ月でユリウスから得られるだけの知識を吸収するつもりのようだ。

メイドがお茶を淹《い》れて、それを飲みながら二人は戦術談義をすることになった。シャルロットに「キルッカ嬢もそちらにどうぞ」と言われたので、ライラも少し離れたところに椅子を出してもらって、そこにちょんと座って二人の様子を見守ることにした。

(後でユリウス様から本を借りるんだし……少しでもお二人の話を聞いておこう!)

そう思って、ライラは少し身を乗り出しながらユリウスたちの話に耳を傾けた。のだが――

「……百三十年前のユトレア地方戦役で戦が長引いたのは、敵軍の勢力を見誤った当時のレンディア軍師が、魔道軍の人員交代のタイミングを間違えたからです。敵軍の魔道を弾《はじ》く防護壁の穴を突かれた際に兵の疲弊が激しくて修復ができず、そのまま国境を突破されたということになっています」

「しかし結果としてその戦役では、一度は国境の侵攻を許したもののすぐに兵を東に撤退させて谷の斜面で陣を張り、谷を越えようとする敵軍を撃退したことで勝利を収めたでしょう。結果として軍師は戦勝による褒美を与えられたし、現在でも谷での迎撃は有効な戦略だとされているはずよ」

「確かにそうですが、実際にその戦役では谷で暮らしていた一般市民が村を追いやられることになり……」

（……む、難しい……）

ユリウスとシャルロットはぽんぽんと言葉を交わしているが、ライラでは彼らの会話速度についていけなかった。ただでさえ身に馴染《なじ》みのない話題であるし、しかもそこに「反射吸収防護壁魔法」とか「刹那的効果のある魔道器具」なんて言葉が出てくることで一気に理解能力が落ちる。

（で、でもバルトシェク家の皆様方から話を聞いていて、よかった……！　前の私だったら本当に、お二人の会話に一切ついていけないところだった！）

バルトシェク家別荘での花嫁修業で皆が教えてくれるのは、魔法初心者のライラでも分かりやすく、なおかつ身近に感じられる話題についてだった。そのため、ユリウスの説明で「魔法反射機能のある鏡」なる言葉が出てきた時には、「あれのことか！」と少しだけ理解が追いついた。

「……魔法反射にも色々あり、この戦役では特に、相手の魔法をそのまま跳ね返す結界が勝機を繋《つな》いだということです。レンディア魔道軍は谷の緩やかな斜面、敵軍からだと見上げなければならない位置に兵を配置していたので、敵軍からするとただでさえ狙いを定めにくい。さらに魔法反射結界を張ることで、峠を越えさせないまま相手を撤退させられました」

「そのようね。でも、わたくしが思うには……」

ふむふむ、と思いながら話を聞いていたライラだったがしばらくすると、ユリウスとシャルロットの意見がぶつかったようだ。

「僕なら、谷底の村よりも敵軍側で結界を張って迎撃しますね。実際戦役では、谷を越えた先で結界を張ったため、逃げ遅れた村民が行き場を失い犠牲になりました」

「なるほど。しかしそれでは、軍の消耗が激しくなるばかり。それで戦に負ければ元も子もないでしょう。わたくしならば時の軍師と同じ戦術を採り、なおかつ軍内で割ける最大限の努力をもって市民も退避させるわね。……ただ、非戦闘員の説得に時間を要しそうだけれど」

「では、戦後に補償をすると約束した上で民たちにも助力を請うのはどうでしょうか。そうすれば、一旦は家を捨て置くことも了解してくれますし、貴重な人手も確保できます」

「非魔道士が戦に参加する理由がないわ。籠城作戦ならば使用人として働かせられても、撤退しながらの迎撃では足手まといにしかならないでしょう」

……どうやら、百三十年前のユトレア地方戦役における解決案が、異なっているようだ。

（ええと……ユリウス様は非魔道士を助けるためには結界をもっと敵軍に近い位置で張るべきだというお考えで、王女殿下は過去の軍師とほぼ同じ考え……）

急いで二人の考えを頭の中でまとめて、ライラはその戦場の光景を想像してみた。

戦地は、緩やかな斜面のある谷。谷底には、非魔道士たちが暮らす村がある。

絶対にあり得ない話だが……もしライラが時の軍師だったら、どのように兵を動かすだろうか。

シャルロットと意見をぶつけあっていたユリウスが、ふとライラの方を見た。それまでは少し険しい顔をしていたユリウスはライラと視線が重なると、「そうだ」と手を打った。

「ライラの意見を聞いてみるのはどうでしょうか」

「えっ……」

「ユリウス様、無茶を言ってはなりません。キルッカ嬢は非魔道士ですから、魔道士の戦における戦略を考えさせるなんてかわいそうでしょう」

思わず声を上げてしまったライラだが続くシャルロットの言葉で、きん、と胸の奥が冷えるような感覚に陥った。

シャルロットは今の話題からライラを遠ざけ、逆にユリウスは近くに寄らせようとした。

シャルロットだって、ライラのことを思って言ってくれているのだろう。それは分かっているが
――

「……あの、私も少しだけ考えていたので……意見を申してもよろしいでしょうか」

ライラがおずおずと、しかしきちんと申し出ると、ユリウスは満足そうに頷《うなず》き、シャルロットは意外そうに目を丸くしつつも、「どうぞ」と言ってくれた。

ぎゅっと膝の上で拳を固めて、緊張で高鳴る心臓を少しでも落ち着けようと深呼吸をする。確か

ヘルカは、息を吸う時間よりも吐く時間を長くした方が落ち着きやすいと言っていた。

（……よし、言おう）

もしライラの考えがお粗末で、稚拙なものだとしても……ここで黙っていたくはなかった。

「私は……もし可能なら、二種類の結界を張ってみてはどうかと思います」

「二種類？　二重にする、ということ？」

最初は訝《いぶか》しげだったシャルロットだが、ライラの意見を聞いて好奇心の方が勝《まさ》ったようだ。

ひとまず王女の関心は引けたようなので、最初の壁は越えられた。

「はい。今の谷底での迎撃戦ですと……説明が難しいし実現できるかどうかは分からないのですが、強力な結界は王女殿下のご指摘の通り、谷を越えた斜面で張ればよいと思います。ですがそれだけだと非魔道士の村人が犠牲になるので……敵軍寄りの方にもう一回、緩めの壁を張るのです」

「緩め、とは？」

「魔道士にだけ効果がある妨害魔法の壁です」

これは、花嫁修業の際に教えてもらったことの応用だ。

それは、非魔道士にできる防犯対策、という授業内容だったのだが、「普段魔道士と接する機会のない人なら、魔道士にだけ効果のある道具を持っていればいい」と教わった。

さすがに別荘には置いていなかったが、世の中には「魔道士の体内の魔力構成を狂わせる」という効果のある魔道器具があるそうだ。非魔道士がそれを持っていてもなんともないが、魔道士が所持者に近づくと魔道器具が発する波動により、体内の魔力の素が軽い異常を起こす。

それは後遺症をもたらすほどでないが、たいていの者は体調を崩し集中して魔法を使えなくなる。よって非力な非魔道士が悪質な魔道士から攻撃されないために、旅の商人などが所持することが推奨されている。

もちろんこの魔道器具にも欠点があって、いわゆる魔道器具相手には通用しない。だが、この魔法の理論自体は昔からあったそうなので、百三十年前の戦役でも活用することは可能だったはずだ。

「レンディア魔道軍の一部が、接近してくる敵軍と村の間で一旦立ち止まり、そこで緩い壁を作りながら後退していきます。壁は敵軍の魔道士の行軍速度を鈍らせますが、非魔道士の村人には効果がありません」

どきどきしながらライラが言い切ると、シャルロットは難しい顔をして黙り、ユリウスも無言でテーブルの上に手をかざした。すると、何もなかった机上にぽんっと小さなジオラマのようなものが現れた。おそらく魔法で作った、例の戦場の幻影だろう。

ユリウスが指を振ると、ジオラマにぽんぽんと幻の兵や村人たちが、小さな人形のように現れる。そしてそれらが、今ライラがたどたどしくも説明したように動き始めた。

しばらくの間、ユリウスとシャルロットはテーブルの上で人形たちを動かしていたが、やがてシャルロットが大きな息をついて椅子に寄り掛かった。

「……なるほど。まだ改良するべき点は大いにあるけれど……非魔道士には効果のない妨害魔法は、確かにうまく使えそうね」

「そうですね。妨害魔法壁の張り方によっては、術者もその影響を受けてしまうので……たとえば村人に魔道士たちの介抱や移動を任せた上で活用できれば、もう少しうまくいきそうです」

ユリウスもそう言うとライラを見て、優しい笑みを浮かべた。

「ライラ、意見を言ってくれて助かったよ」

「その……でも、私の案では穴もたくさんあるみたいですし……多分、そんなに目新しい解決策でもないと思います」

「うん、そうだね。でも、非戦闘員で魔力を持たない君だからこそ考えられた案だと思うし、たとえ目新しくなくともそれを君が思いつき、発言したことに意味がある」

「……」

「それに、無駄な意見なんて一つもない」

ユリウスは、はっきりと言った。

「君が出してくれた意見を叩《たた》き台《だい》として、議論を活発にすることができるんだからね。ありがとう、ライラ」

「……そうね。確かに、あなたの意見をもとにしてよりよい戦略を立てることもできそうだわ。発言に感謝するわ」

ユリウスに続き、シャルロットもそう言った。

ユリウスの方はともかく、シャルロットの方はそれほどまで感謝しているようには見えないが
――それでも、「勇気を出してよかった」と思えた。

その後も二人は活発に意見を出しあい、一段落付いたところでゆっくりお茶休憩を取ることになった、のだが――

「ユリウス様。もしよろしかったら、キルッカ嬢とお喋《しゃべ》りしてもいいかしら」

温かい紅茶を飲んで高級な菓子を摘《つま》んでいたシャルロットがそう言ったので、ユリウスよりもライラの方が驚いてしまった。

（た、確かにこの前、お喋りをしたいって言われたけれど……）

シャルロットに尋ねられたユリウスが、ちらっとこちらを見てきた。彼が目元を少し緩めて不安そうな顔になったため、むしろライラはやる気が出てきた。

ライラがこくっと頷くとユリウスも頷き、立ち上がった。

「かしこまりました。女性同士で話したいこともあるでしょうし、私は一旦席を外しますね」

「ええ、そうしてくださいな。エリク、ユリウス様を隣室でおもてなししなさい」

「……かしこまりました」

従者エリクが進み出たところで、ユリウスが振り返った。そしてつかつかとライラの方に歩いてくると右手を取り、ちょん、と軽くキスを落とした。

「えっ……ユリウス様？」

「王女殿下とゆっくり過ごしてきてね。僕はヴェルネリと一緒に隣の部屋にいるから、お喋りが終わったら一緒に帰ろう」

ライラを見下ろすユリウスの表情はいつも通り優しいし、言葉にも愛情が満ちている。だが……その眼差しにはどこか不安な色が浮かんでいる。

王女の御前で滅多なことは言えないので我慢しているようだが、ライラがシャルロットに嫌なことを言われたりしないかを気にしているのだろう。

ライラは微笑んで立ち上がると、そっとユリウスの頬に触れた。

「はい。ユリウス様も、ごゆっくりお過ごしください」

声には出さないが、「私は大丈夫です、頑張ります」という気持ちを込めて、囁《ささや》く。

ユリウスは安心したように微笑み、ライラの頬に軽くキスを落としてからきびすを返す。そしてエリク――なぜか、ライラの方をじろっと睨《にら》んできた――について、部屋を出て行った。

（……私、あのエリクさんという方にやけに睨まれている気がするな……）

彼とは一言も言葉を交わしていないのだが、もしかするとエリクの方は最初からライラのことが気に入らないのかもしれない。

ユリウスとヴェルネリはいなくなったが、側《そば》にはヘルカがいる。彼女の退室は命じられなかったので、一安心だ。

ただし、ヘルカが側にいるといっても、ライラの従者的立ち位置の彼女から助言を受けるのは難しい。王女の付添人《コンパニオン》、という立場になった以上、可能な限り自力で切り抜けなければ。

「さ、キルッカ嬢。そちらにお座りになって」

「……失礼します」

美貌の王女を前に、先ほどユリウスが座っていた椅子に腰を下ろす。そこにはまだほんのりとユリウスの体温が残っていて、彼から少しだけ勇気をもらえたような気がした。

すぐにメイドがライラ用のお茶を淹れてくれたので、緊張しながらカップを持って口に運んだ。ほんのりと甘くて香りがいい、レンディア王国でも最高品質の茶葉から生み出された紅茶は、ライラの舌にはやや贅沢《ぜいたく》すぎる味わいだった。

「さて……殿方もいらっしゃらなくなったことですし、あなたには聞きたいことがあったのよ、キルッカ嬢」

「は、はい。何なりとご質問ください！」

王女に言われたライラが急いでカップを下ろして姿勢を正すと、彼女は「そこまで硬くならなくていいわ」と言ってから、テーブルに頬杖《ほおづえ》を突いた。

「……色々聞きたいと思っていたのよ。あなたは、非魔道士でしょう？　お生まれもレンディア王都なのよね？」

「……はい。私の実家であるキルッカ商会は、王都を中心に活動しております。私はその一人娘として産まれました」

「跡継ぎは？　一人娘なら本来、あなたが婿養子を迎えるべきではないの？」

「私にはまだ就学年齢の従弟《いとこ》がおります。彼が生まれた時から、次期当主は従弟と決まっています。そのため私は、実家や従弟の助けになるような結婚をしようと思っておりました」

「その相手がユリウス様だったということ？」

「いえ。実は、婚約する予定の相手がおりまして……」

最初はヨアキムとカロリーナのことはぼかそうと思ったのだが、シャルロットが「そのあたりの事情も教えて」と命じてきたので、仕方なくあの婚約予定破棄騒動について教えることになった。

これにはシャルロットも思うことがあったようで、元学友に寝取られたことを知るとあからさまに嫌そうな顔になり、「それは……大変だったわね」と心底労《いたわ》るように言われた。

「なるほど。それで、ユリウス様の婚約者になったと」

「はい。色々ありましたが、イザベラ様を始めとしたバルトシェク家の皆様にも歓迎してもらえて、今に至ります。今年の夏に結婚する予定です」

「そう。……あなたはユリウス様の体調管理係として見初められたということだけれど……それでも、彼に恋をしているのね？」

そう尋ねてきたシャルロットの声には、これまでにはなかったような不思議な響きがあった。

そこに込められているのは、甘いような、苦いような、一言では形容できない複雑な感情。

恋をする、というひとつの動作。

それは、ライラにとっては口にするのも容易《たやす》いことだろうが、一国の王女であるシャルロットの場合はどうなのだろうか。

「……はい。私は……ユリウス様に、恋をしております」

口にすると、ふわっと胸がすくような、体が軽くなったような感じがした。

(私は、ユリウス様に恋をしている)

それは、ユリウスの真剣な横顔を見た時だったり、ユリウスにキスをされた時だったり。お喋りをしている時だったり、庭を訪問してきた猫を一緒に可愛《かわい》がっている時だったり、ユリウスが魔法を使っている時だったり。

日々のちょっとした出来事を通して、ライラはユリウスに恋をしている。「好き」という感情がひらひらと心に積もってきて、温かい気持ちが体を満たしてくれる。

これがきっと、恋をするということ。ライラにとって恋をするということの意味なのだ。

ユリウスのことを考えていたライラはきっと、惚《ほう》けた顔をしていたのだろう。しばらくの間シャルロットはじっとこちらを見ていたが、やがて薄い唇を緩めて笑みを浮かべた。

「……今のあなた、とてもいい表情をしているわね」

「えっ、そ、そうですか?」

「ええ。……とても素敵な恋をしているのね。……羨ましいわ」

ぽつり、とこぼされた言葉と、本音。

シャルロットの微笑みはどこか寂しそうで、ライラはだらしなく緩んでいただろう顔をすぐに引き締めた。

――つい、「王女殿下はどうなのですか」という質問が喉まで出そうになったが、慌てて呑《の》み込む。ライラならともかく、王女に――レンディア王子の妃候補《きさき》として噂《うわさ》されている彼女にこのような質問をするのは、あまりにも酷だ。

高貴な人々は、自由な恋ができない。

たとえ恋に身を燃やしたとしてもそれが実を結ぶとは限らないし、二人して悲劇の道に転がり落ちてしまう可能性もある。

シャルロットは聡明《そうめい》な女性だから、きっと自分の恋愛や結婚について悟っているだろうし、ある程度の諦めもあるのだろう。

だからこそ……先ほどあんなに寂しそうな笑顔で、「羨ましい」と言ったのではないか。

どう反応すればいいのか分からなくてライラはちびちびとクッキーを齧《かじ》っていたが、やがてシャルロットの方が口を開いた。

「わたくしね、こう見えて恋愛小説や恋愛を描いたお芝居を観《み》るのが好きなの。……お父様たちには、そんなものに現《うつつ》を抜かすと馬鹿になるからほどほどにしておけ、って言われているけれどね」

「えっ、おもしろいのに！……あ、す、すみません、つい……」

「いいの。……わたくしはね、ハッピーエンドのお話が好きなの。ご都合主義、夢見がち、と言われても構わない。好きな人と結ばれて、幸せに暮らしました、めでたしめでたし……そんな締めくくりができるお話が、好き。報われないお話は……あまり、読みたくない」

シャルロットはそこで一旦区切ってから、「だからね」と目を細めてライラを見てくる。

「わたくし、あなたの話が聞きたいの」

「私の、ですか？」

「わたくしがもし劇作家になれたら、あなたのような恋をしている女性を描くわ。生き生きとしていて、見ているとちょっとハラハラしてしまうような人。……そんなあなたの話を、聞いてみたいの。わたくしとは違う国で、全く違う環境で生きてきたあなたが、どんな恋をしているのか……教えてもらえないかしら」

それは「ミュレル王国王女」ではなくて、「シャルロット」という一人の――ライラより二つも年下の少女からの、切なる願いだった。

考える必要もなく、ライラは頷く。

「もちろん、私でお話しできることであれば。……あ、その、ただ、色々と恥ずかしいこともありますので……努力の及ぶ限りにはなりますが……」

「まあ……あなたたち、結構初々しい関係に見えたけれど、ああ見えてユリウス様はぐいぐい来るたちなのかしら？」

「……。……結構」

「そう」

シャルロットは笑い、メイドにお茶のお代わりを淹れるよう命じた。

その時の彼女の横顔には十六歳の少女らしい華やかさと、どうしても隠せない悲哀のようなものが入り交じっているように思われた。


その後、ライラは半刻ほど部屋で過ごし、シャルロットの質問に答えた。

特にシャルロットは「花嫁修業」というものに関心を抱いたようで、ライラからその単語を聞いた彼女はなにやら考え込んでいる様子だった。

（……何にしても、うまくいってよかった！）

お茶の時間を終えて隣室に向かうとすぐに、ライラはユリウスに抱きしめられた。あまりにも急なことでライラは「ぐえっ」と悲鳴を上げてしまったがそれでもユリウスが解放しようとしないので、結局ヘルカが力業でべりっと引きはがしてくれた。

「ユリウス様、ライラ様が心配なのは分かりますが、もう少し落ち着いてください」

「それもそうだね……ごめん、ライラ。君がどうしているのか、心配で心配で……」

「私は大丈夫ですよ。王女殿下ともお喋りができたし……ねえ、ヘルカ？」

「ええ。ライラ様はご立派にお役目を果たしてらっしゃいましたよ」

側で見ていたヘルカもそう言ったからか、ユリウスはやっとほっとしたように表情を緩めた。

「よかった。……戦術の話の時も、いきなり話を振ってごめんね」

「いえいえ、あの時ユリウス様に指名されてよかったですよ。私も非魔道士らしい立場で意見が言えましたし」

「うん、僕も君なら、僕や王女殿下では考えつかないような意見を出してくれると信じていたんだけれど……本当に、君はすごいよ。ありがとう、ライラ」

ユリウスがそう言ったので、ライラの方も礼を言った。

(ユリウス様は、私にチャンスをくださったんだ)

あの場でライラを指名することで、ライラに発言の機会を与える。あの時ユリウスが話題を振ってくれなかったら、ライラはその後のシャルロットとのお喋りでもなかなか発言できなくて、いい結果を残すことができなかっただろう。

間もなく迎えの馬車が来たのでそれに乗り、ふかふかのクッションに体を埋《うず》めるとそこで、思っていたよりも体が疲労していたことに気づいた。

(……結構疲れていたんだな、私)

お茶を飲んでお喋りをするだけだが、相手が王女様だとこれほどまで疲労するものらしい。おいしい菓子や茶も口にしたのだが、あまり味わう余裕もなかったのが残念だ。

「王女殿下とは、どんなお喋りができたんだい?」

馬車が動きだすと同時にユリウスが聞いてきたので、ライラはお茶を飲みながらの会話内容をかいつまんで教えた。

「最後には花嫁修業について教えたのですが……少しきょとんとした感じでしたね。ヘルカもそう思わない？」

「そうですね。まず、花嫁修業という言葉自体がどちらかというと一般市民の間で浸透しているものなので、王女殿下には馴染みがないのでしょう」

「……ああ、そっか。王女様ならわざわざ『修業』なんてしないはずだものね」

さらにライラの花嫁修業はかなりイレギュラーなものなので、シャルロットも興味を持ったのかもしれない。

（王女殿下には、レンディアでの滞在期間中に色々な経験をしてもらいたいな）

まだ彼女がどんな人間なのか、把握しきれていない。

だが少なくとも今ライラは、もっと王女と仲よくなりたい、もっと彼女の笑顔が見たい、と思えるようになっていた。

（私に、何かできないかな）

＊＊＊

離宮の窓から見える馬車が、だんだん小さくなっていく。

窓枠に手を掛けて外を見つめていたシャルロットは、「エリク」と硬い声を上げた。

「……わたくし、決めたわ」

「はい。……ライラ・キルッカを選ぶのですね」

忠実な従者が感情の籠もっていない声で言ったので、シャルロットは後ろを振り返ることなく頷いた。

「ええ。……非魔道士で、ユリウス様からの愛情も深く、レンディア国王も庇護《ひご》している――これ以上ない逸材だと思わない？」

「……。シャルロット様。あなたは……それでよろしいのですね？」

エリクが問うた瞬間、シャルロットは振り返った。

淡い金髪がふわりと――まるで苛立《いらだ》ちに燃える炎のようにきらめく。

「……あなたも言うようになったわね。まさか今になって、わたくしの計画に不満を申し出ようとでもしているの？」

「まさか。……私はいつでもいつまでも、あなたを信じ、あなたのお望みのままに動きます」

「……」

シャルロットは、眉根を寄せた。

エリクは表情一つ動かすことなく頷くと、主人に背を向けた。

「……そうとなれば、私の方でも計画を進めておきましょう。シャルロット様の帰国まで、あと一ヶ月と少し。時間は有限ですからね」

「……エリク」

シャルロットに名を呼ばれても、エリクは振り返らない。

普通なら、それは王女に対する不敬行為にあたるが……シャルロットは、それを咎《とが》めようとしなかった。

エリクは、分かっているのだろう。

呼び止めておきながら、振り向いてほしくない。今からシャルロットがこぼす言葉を聞いても、表情を動かしてほしくないと心が叫んでいると、賢い彼は知っているのだ。

「……もし、わたくしたちがレンディア王国に生まれていたら……わたくしは、こんな決断をせずに済んだのかしら」

「それは、どうでしょう。……少なくとも私は、ミュレル王女であるシャルロット様だからこそ一生を捧《ささ》げる気になりました。あなたが茨の敷き詰められた道を歩こうとなさるから……私は、何を犠牲にしてでもあなたの願いを叶《かな》えて差し上げたい、と思うようになりましたからね」

「……そう」

シャルロットがため息のような相槌《あいづち》を打ったところで、コンコン、とドアがノックされた。レンディア人の使用人たちは既に下がらせているので、おそらく――ミュレルから連れてきた者だろう。

途端、シャルロットはそれまでの憂いた表情を引っ込めると近くにあったクッションを鷲摑《わしづか》みにして振り返り、エリクの顔に投げつけた。

元々反射神経のいいエリクだが、彼は微動だにせずその場に立っていたため、顔面にクッションを食らった。

「……しつこいわね！　さっさと出てお行き！　明日になるまで、その顔をわたくしに見せるんじゃないわよ、こののろま！」

「……御意」

主君の豹変《ひょうへん》を目の当たりにしてもエリクは一切表情を揺るがさず、丁寧にお辞儀をして部屋を出て行った。

ちょうど入れ違いになったミュレルの騎士は少し意外そうにエリクを見送った後、労しげな眼差しをシャルロットに注いできた。

「お疲れ様です、王女殿下。……またあの落ちこぼれが過ぎた口を利きましたか？」

「ええ。本当に、雑用係として便利でなければあんな男、使ってやらないというのに」

シャルロットはふんっと鼻を鳴らすと、カウチにしどけなく座った。そして騎士に「疲れたからもう休みたい」と告げてまぶたを閉ざした。

あの騎士は、兄――ミュレル王太子の部下だ。表面上はシャルロットの護衛としてレンディアに連れてきたが、実際は監視役で……シャルロットがおかしなことをしないか見張っている。

エリク、とシャルロットは心の中だけで呼びかけた。

＊＊＊

「ライラさん、ライラさん！　ほーら、これをご覧になって！」

「とっても素敵でしょう？　これ、うちの夫が作ってくれたものなのよ！」

「わあ……とっても可愛いぬいぐるみですね！」

テーブルに据えられたのは、後ろ足で立ち上がったウサギのぬいぐるみ。手には齧りかけのニンジンを持っており、ほんの少し傾《かし》げた首がなんともあざとく、なんとも可愛らしい。

今、ライラはバルトシェク家別荘を訪問して、花嫁修業をしている。「色々な魔道器具を見せますね」ということで本日は、夫人の一人が持ってきたぬいぐるみを見せてもらっていた。

女性の一人が指を振って魔力を注ぐと、それまではじっとしていたウサギがボタンの目をくりくり動かし、短い足を動かしてのったのったと歩き始めた。

「かっ、かわ……可愛いです！　ぎゅっとしていいですか!?」

「ええ、もちろん。これ、うちの娘用にできたらって、夫が徹夜して作ったものなのよ」

「えっ、そんな大切なものに触れてしまって……すみません」

ウサギのぬいぐるみをもふもふしていたライラは慌ててそれをテーブルに戻したが、夫人たちはころころと笑って手を振った。

「いいのよ。むしろ、ライラさんが触ってみた感想を聞きたくて。どんどん触ってくださいな」

「は、はい。ありがとうございます」

夫人にもそう言われたし、ぬいぐるみのウサギも心なしかしょぼんとしているように見えたので、ライラは厚意に甘えて再びウサギをもふることにした。

(うーん……布地もふわふわで、柔らかい……これならきっと、娘さんも気に入るね!)

どうやらバルトシェク家の男性は皆、新しい魔道器具を作るのが好きらしい。だがユリウスは彼らと血縁関係にあるわけではないので、もしかするとヘルカが言っていたように、「男の子はいくつになっても男の子」なのかもしれない。

「ちなみにそのウサギ、ただ可愛いだけではなくて防犯にもなるのですよ」

「防犯?」

「ええ。……ウサギの顔をあちらに向けて、お腹《なか》を……そう、そういう風に抱えてくださいな。

……えいっ」

夫人の指示通りにウサギの向きを変えて抱きしめると、夫人は荷物の中から小さな魔石を取り出して、ウサギの方に投げつけてきた。

——魔石が鼻先まで迫ってきた瞬間、ウサギはつぶらな瞳をぎらっと輝かせると口を開き、そこから茜色《あかねいろ》の魔法光線を放った。

「ひぎゃあっ!?」

光線を受けた魔石はジュワッと一瞬で燃え上がり、滓《かす》が床に落ちる。

まさかこんなに可愛いぬいぐるみが物騒な光線を放つとは思っていなくてライラは悲鳴を上げたが、周りの女性たちは大喜びだ。

「まあ、なんて的確な攻撃なのかしら！」

「これなら、うちの可愛い娘に魔法を放とうとした輩《やから》にお仕置きができるのよ」

「素晴らしいわ！　これ、商品化できないかしら？」

「改良は必要でしょうけれど、いつか子どもたちのために量産できれば、と夫も言っているわ」

皆はきゃっきゃとはしゃぐが、ライラは冷や汗ダラダラで腕の中のウサギを見下ろし――そっとそれを、テーブルに戻した。

（……もし私に子どもが生まれても……さすがにこのウサギはちょっと、勘弁したいな……）

ちなみにライラの動揺に気づいたらしいエステルが教えてくれたが、このウサギが放った光線は人間には無害で、魔力だけを打ち砕くものらしい。だからもしあの光線が人間に命中しても、少し眩《まぶ》しいと感じるくらいだという。

エステルが身を張って実演してくれたので一応安心はできたが、どうやらバルトシェク家の発明家たちはユリウスも含めて、なかなか大胆な思考回路を持っているようだ。

……その後お茶と菓子を楽しみながらお喋りをすることになったのだが、エステルがライラに、

シャルロットのことを聞いてきた。

「王女様とはどんな感じ？　ライラさんが困ったりすること、ない？」

どうやらエステルは、純粋にライラのことを気遣ってくれているようだ。

イザベラの末子ということもあり、他の女性陣はエステルのことを「奔放で手の掛かるお嬢さん」と呼んでいる。確かに少し強引で自由気ままなところがあるが彼女はとても心優しくて、人の痛みもよく分かる子だった。きっと大人になったら素敵な淑女になることだろう。

エステルに問われて、ライラは微笑んだ。

「お気遣いありがとうございます。エステル様たちがご助言をくださるおかげで、今のところつつがなく付添人《コンパニオン》の仕事ができております」

「そうなのね。それならいいけれど、もし私たちで協力できそうなことがあれば、遠慮なく言ってね！」

エステルが胸を張って言うものだから、ライラだけでなく他の女性たちもくすくす笑い始めた。

「まあ、エステルったら。いつもはわたくしたちに縋《すが》ってくるというのに」

「ライラさんに協力したくて、背伸びをしてしまっているのですね」

「も、もう！　別にいいじゃないですかっ！　私だって、ライラさんの力になりたいんですもの！」

エステルが頬をほんのり赤く染めて言い返すのを、ライラは微笑ましく見つめていた。

（……そうだ。王女殿下のことを、エステル様たちに相談してみようかな）

「ありがとうございます。……では、早速ですが、ご相談したいことがありまして」

「うん！　なになに？　何でも言って！」

早速頼られて嬉しいのかエステルははしゃぎ、隣に座っていた夫人に窘《たしな》められてしまった。

そんなエステルたちに、ライラは――もっと王女の力になりたいが、どのようなことをすればいいだろうか、ということを相談してみた。

（力になる、ってだけで漠然としているけれど、知識豊富な皆様のお知恵を借りられたら……）

案の定、皆は少し悩ましげな顔になった。だがライラから相談を受けて困っているというより、どのような答えがいいだろうかと思案している様子である。

「王女殿下に……ねえ」

「やはり、レンディアの魔道士たちが知恵を出して作った魔道器具を紹介するのは？」

「でも、それだとユリウスで十分でしょう。ライラさんだからできることを考えなければ」

「ライラさんは、得意なことはおあり？」

「私の、得意なこと……」

そう聞かれて真っ先に思いついたのはやはり、菓子作りだ。

さすがに、今の茶席に提供されているようなきらきらとしたおしゃれな菓子を作ることはできない。それでも、バターケーキやタルト、プリンやババロアなど、王都の菓子店に並ぶようなレンディア伝統菓子ならほとんどを作ることができる。

そう述べると、砂糖たっぷりの紅茶を飲んでいたエステルが目を瞬かせ、はい、と元気よく手を挙げた。

「それなら、私にいい案があるわ！」

5章 ♦ 甘い味と、苦い味

「王女殿下に是非ともご覧いただきたい魔道器具が、完成しました」

ある日の離宮にて。

ユリウスが笑顔でそう言うと、シャルロットの表情がぴくりと動いたのが分かった。彼女は王女らしく高潔に振る舞おうと心がけているようだが、好奇心には勝てないようだ。特に、「珍しい」「新しい」という言葉に弱いのだと、ライラも気づいている。

「そう……どのようなものかしら」

「ライラ、箱を」

「はい」

ユリウスの指示を受けたライラは、この部屋までヘルカがカートに載せて運んできた木箱を持ち上げて、テーブルに置いた。先ほどより、シャルロットが前のめりになっている。箱の中が気になって気になって仕方がないのだろう。

ライラは箱の蓋を開けてから、箱の側面に付いている留め金を外した。こうすることで箱が解体されて、中のものに触れずに披露することができる。

ユリウスの勧めを受けて、シャルロットが箱に手を伸ばしてそこに入っていたものを持ち上げる。それは、泡立て器だ。

「……これは、調理道具の一種ね」

「はい。魔力で先端部分が回転する、魔道泡立て器です。こちらを使えば、料理や菓子を作る時の負担を軽減できます」

「ふうん……」

「そして、あまりにも大きすぎるので本日はお持ちしておりませんが、魔道研究所には新作のオーブンも置いております」

「……なるほど。これらの魔道器具の性能を確かめようと思ったら、研究所に出向く必要がありそうね」

さすが、シャルロットはユリウスの意図にもすぐに気づいたようだ。

ユリウスは穏やかな微笑《ほほえ》みを返してから、ちなみに、とライラの方を手で示した。

「王女殿下もご存じかもしれませんが、こちらのライラは菓子作りを特技としております。もしよろしければ、魔道器具を使ってライラが菓子を作るところをご覧になりませんか？」

「……そう。キルッカ嬢にも扱えるのならば、安全で市民にも普及しやすい魔道器具だということになるわね」

そこまでのことを瞬時に理解できるのだから、やはりシャルロットは頭の回転が速いし、相手の言葉から意図を読み取るのが得意なようだ。

ユリウスに促されてライラは一歩進み出ると、胸に手を当てて微笑んだ。

「今回、魔道器具を使ってバターケーキを焼いてみようと思っています。もちろん、王女殿下に召し上がっていただくことはできませんが……」

「できないの?」

……それは本当に、ついうっかり出てきた言葉なのだろう。

言ったシャルロット本人が一番驚いた様子で、彼女ははっと口を閉ざして、気まずそうに視線を逸《そ》らした。その滑らかな白い頬がじわじわと赤くなっていて……恥じらっていることが丸わかりだ。

(王女殿下……こんなに可愛《かわい》らしい面がおありだったのね)

思わず漏れそうになっただらしない笑みを噛《か》み殺し、ライラはよそゆきの笑顔を崩すことなく王女に言った。

「残念ながら、私は本職の菓子職人ではありませんので、私が作ったものを献上することはできないのです」

「……そう」

「ああでも、王女殿下も製作に参加なさるのでしたら話は別ですよ」

明るい調子で言ったのは、ユリウス。

彼はライラの隣に並び、シャルロットが握りしめている泡立て器を手で示した。

「要するに、王女殿下が召し上がるものに、ライラが毒や異物を入れていない——入れることができないと確定すればよいのです。たとえば……実際に菓子を作るのは王女殿下で、ライラは側《そば》で監修するだけ、ですとか」

「……失礼ですが。まさかシャルロット様に、メイドのような仕事をさせるおつもりですか」

壁の方から声が聞こえてきた。

従者のエリクは眉間に皺《しわ》を寄せて、ユリウスをじっと見ている。

「レンディア王国では菓子作りが貴婦人の嗜《たしな》みであるそうですが、ミュレルはそうではありません。ましてや、王女たるシャルロット様にそのような雑務を命じるなんて……」

「お黙り、エリク！」

ぴしりとした叱責の声に、エリクが驚いたように目を丸くした。

シャルロットは目をすがめてエリクを見つめると、ついっと視線をユリウスの方に向けた。

「……いつ、ユリウス様がわたくしに雑務を命じたというの？　ユリウス様はあくまでも、わたくしに提案してくださっただけよ」

「……」

「それに、わたくしはレンディアの魔道文化を学ぶために国境を越えたわ。であれば、レンディアの王侯貴族の女性が嗜む菓子作りに挑戦し——なおかつ新作の魔道器具の性能を確かめられるなんて、わたくしがまさにするべきこと。……おまえは黙っていなさい」

最初はシャルロットに叱られて驚いた様子のエリクだったが、話を聞くうちにその暗い色の瞳に納得の色が浮かび、恭しくお辞儀をした。

「シャルロット様の仰せの通りです。……ユリウス様、非礼をお詫《わ》びします。申し訳ありませんでした」

「別にいいけれど……それじゃあ僕の頼み、聞いてくれないかな？」

「何なりと」

「うん、それじゃあ君もお菓子作りに参加してね」

「は？」

今度こそエリクは驚きと戸惑いのあまり、失言をしてしまったようだ。

だがユリウスは余裕の笑みを崩さず、シャルロットから受け取った泡立て器をぽんぽんと手の中で弄びながら言う。

「君が王女殿下のことを心配するのはもっともだ。ならば王女殿下のお菓子作り体験中に、君が近くで補佐を務めればいい。そうすれば……万が一ライラが怪しいことをしても、すぐに止められるはずだ」

「そ、それはそうですが……しかし私は、菓子作りなど……」

「ユリウス様のおっしゃる通りよ。エリク、おまえも参加しなさい。そしてわたくしの補佐を務めて、毒味係も担当するのです」

シャルロットまで言ってくるものだから、もうエリクに拒否権はない。

彼は一瞬不意打ちを受けたかのように言葉に詰まったが、すぐに頭を下げて、「……仰せのままに」と感情に乏しい声で応じたのだった。


その日、帰宅するなりライラはユリウスとばしっと視線を交わし、そしてぱんっと両手を打ち付けあった。

「やりました！　大成功ですね、ユリウス様！」

「君がしっかり発言したからだよ。……これで、王女殿下に楽しんでもらえるだろうね」

「はい。……魔道研究所のお墨付きのプランですからね」

ライラはにっこりと笑い、ユリウスの胸元に飛びついた。ライラの方から飛びつくのは珍しいからかユリウスは「わっ」と声を上げたが、難なくライラを抱き留めてついでにくるくる回り始めた。

「きゃっ……あ、あははは！　ユリウス様、目が回ってしまいますよー！」

「だって、ライラの方から飛びついてくれるなんて、嬉《うれ》しいから！」

ユリウスがそう言うのも、仕方のないことだ。

ライラは「王女殿下と一緒にお菓子作りをしたらどう？」というエステルの助言を受けて、一生懸命計画書を作った。魔道器具のことはユリウスに、食材のことはヴェルネリに、魔道研究所の人員のことはヘルカに手伝ってもらいながら練った計画である。

レンディア王国は、シャルロットが満足して帰国することを目標にしている。彼女は魔法への関心が強くて勉強熱心だが、どうしても座学や見学が主流になる。

せっかくだから何らかの形で体験をさせたい、それもできるならレンディア王国の風習や文化を知ってほしい、ということでライラが計画した内容なので、大臣たちも多少の改善点を求めたものの、おおむね満足したようで合格をくれた。

つまり、シャルロットにあの泡立て器を見せた時点で既に、レンディア側での根回しは完了していたのだ。既に当日の魔道研究所の護衛や補助をしてくれる宮廷料理人の依頼、最高級の食材の手配もできている。

（もし断られたら、私が作るところを見てもらうしかなかったけれど……頷《うなず》いてもらえてよかった！）

主君に忠誠を誓っている様子のエリクには渋い顔をされたしライラもちらっと睨《にら》まれたが、シャルロット本人が乗り気なのだから彼も従うしかない。シャルロットは無表情ながらはしゃいだ声で「当日、全員分のエプロンを用意しておくわ」と言っていたので、彼も渋々ながらエプロンを着て魔道研究所の厨房《ちゆうぼう》に立つことになるのだろう。

（これで王女殿下の笑顔が見られたら、私も……うれ、しい……）

「……あ、ああ！　ユリウス様、ライラ様が目を回してらっしゃいます！　止まってください！」

「う、うん。僕もなんだか、頭がくらくらしてきた……」

「何をなさっているんですか！」

結局今日はライラもユリウスも回転しすぎでくらくらしてヘルカに叱られ、夕食前に仲よく昼寝することになったのだった。

＊＊＊

いよいよ今日は、魔道研究所で菓子作りをする日である。

といっても、材料も道具も全て魔道研究所や城の厨房にあるものを使うので、ライラが持って行くものはない。エプロンでさえ、あちらで準備してくれるそうだ。

あいにく今日はヴェルネリとヘルカとは王城で別行動を取らなければならないそうなので、彼らとは魔道研究所の入り口で別れて、研究所職員に迎えられて厨房に向かった。

その途中の、廊下にて。

「あっ、ライラ様！」

「ライラ様、こんにちは！」

ローブ姿の職員たちに付き添われた子どもたちがライラを見ると、ぱっと笑顔になって駆け寄ってきた。思わずライラも笑顔になり、しゃがんで大きく腕を広げるようにして子どもたちを迎える。

「こんにちは。皆、元気にしている？」

「うん、元気です！」

「ライラ様に、会いたかったー！」

そう言って飛びついてくるのは、五人の子どもたち。かつてライラのことを「ママ」と呼んでいた彼らは——隣国オルーヴァ出身の魔道士の卵だ。

彼らは去年の末まで、オルーヴァ西端にある研究施設に閉じこめられて、生きた兵器扱いされていた。彼らはユリウスと同じく魔力過多の傾向にあって過剰な魔力に苦しんでいたが、今は適切な教育を受けられているからか、暴走は起きなくなったという。

彼らはもう半年ほど教育を受けてから、魔道士の家の養子になる。既に皆の受け入れ先は決まっていて、そちらの親のことを「お父様」「お母様」と呼ぶように訓練を受けているようだ。

「ねえ、今日はライラ様がお菓子を焼いてくれるんですよね？」

「僕たち、それを食べていいんですよね？」

子どもたちが、目を輝かせて聞いてくる。

ライラは今日、シャルロットが菓子を作る隣で同じように作業をする計画を立てている。シャルロットが作ったものは本人とエリクが食べて、ライラが作ったものはライラとユリウスが食べるのだが、残りは研究所に引き取られた子どもたちにあげようということにしたのだ。ちょうど今日はヴェルネリとヘルカもいないので、子ども五人に分ければいい感じに消費できる。

「ええ。完成するまで一刻くらい掛かるかしら。皆の分ができたらお部屋に持って行ってもらうから、楽しみに待っていてね」

「はいっ！」

「ありがとうございます、ライラ様！」

子どもたちはきちんとお礼を言って、レンディア風のお辞儀をした。そうして付き添いの職員に伴われて、廊下を歩いていった。これからおやつの時間まで、魔法の授業を受けるそうだ。

(皆、元気そうでよかった……)

「ライラ、人気者だね」

ユリウスに言われたのでそちらを見ると、彼は優しい眼差《まなざ》しで子どもたちの背中を見ていた。以前ヘルカはユリウスのことを、「特に子ども好きだとは聞いていません」と言っていたが、きっと彼は小さい子の面倒を見るのが得意だ。

「嬉しいことですね。……あの子たちもう、私のことをママと呼ばなくなりましたし」

「ひょっとして、寂しい？」

「まあ、少しは。でも、これから先あの子たちは愛情を注いでくれる親に迎え入れられますからね。これでいいんだと思っています」

「そっか。でも、いずれ君も素敵なお母さんになると思うよ」

……穏やかに会話をしていたはずなのにとんでもないものをぶっ込まれて、ライラたちを案内していた男性魔道士がブフォッと噎《む》せた。

思わずライラもぎょっとしてユリウスの顔を見上げたが、彼は涼しい眼差しでライラを見下ろしていた。自分の発言の意図――はさすがに分かっているはずだが、それについて恥ずかしいとは特に思っていないようで、ライラの視線を受けて「うん？」と首を捻《ひね》っている。

（ま、まあ確かに、人前で喋《しゃべ》ったらいけない話題とか、はしたない会話ってわけじゃないけれど……分かっているけれど！）

「あ、あの、ユリウス様。そういうことはできれば、お屋敷の方で……」

「うん？　そっか、了解。それじゃあ今日の晩、ベッドの中で続きのお喋りをしようね」

天然は、どこまで行っても天然だった。

（あああー！　ごめんなさい、周りの皆様ー！）

ライラには、ユリウスの言う「ベッドの中でお喋り」に全くいやらしい意味がないことが分かっているが、周りはそうもいかないだろう。

はっとしてあたりを見ると、男性魔道士には視線を逸らされ、女性魔道士には「あらあら」と言いたげな眼差しで見つめられた。決して、彼らの考えるような艶っぽい内容ではないというのに。

「……ひとまず、今日のお仕事をしっかりこなしましょうね」

「それもそうだね。ライラの作るお菓子、楽しみだなぁ」

あっさり気持ちを切り替えた様子のユリウスに、ライラは苦笑をこぼした。

なんだかんだ言ってライラはこの、マイペースでかつぐいぐい来る時は来る婚約者にベタ惚《ぼ》れで、つい甘やかしてしまうのだった。

「待っていたわ、ユリウス様、キルッカ嬢。さあ、これを着てくださいな」

「……」

ライラは、シャルロットがずいっと差し出したものを凝視した。

場所は、魔道研究所内にある厨房。普段研究所職員たち用の食事を作る大厨房と違い、こちらは今回のように料理に関する魔道器具の実験を行ったり、はたまた小腹をすかせた者が自分でちょろっと軽食を作ったりする際に利用する小さめの部屋である。

ライラたちが到着した時には既に、補佐係の研究所職員や監視係の騎士や使用人、宮廷料理人だけでなく、シャルロットとエリクも待機していた。決してライラたちが遅かったわけではなく、シャルロットたちが予定よりもかなり早く厨房に来て待機していたからだった。

そんなシャルロットは既にひよこ模様のエプロンに着替えており、長くて美しい金髪もきゅっとまとめて三角巾の中に押し込んでいる。このまま町の食堂で働いていても「とても美人な看板娘」としか思われないだろう、なかなか上手な変装だ。

……ただしそんな彼女の背後には、ひどい仏頂面のエリクがいた。不機嫌そうな理由は彼もまた、シャルロットと色違いお揃《そろ》いのエプロンを着ていることからなんとなく察せられた。

なるべくエリクの方は見ないようにしつつ、ライラはシャルロットに差し出されたもの――エプ

ロンを受け取り、広げた。こちらは、可愛らしいパステル色の水玉模様だ。

「可愛いエプロンですね」

「せっかくだから、わたくしが選びましたの。さあ、ユリウス様もどうぞ。婚約者なのだから、キルッカ嬢とお揃いなのよ」

「ありがとうございます。わあ、可愛い柄ですね。ライラ、僕の紐《ひも》を結んでくれる？」

「了解です」

ユリウスも水玉模様だが、別に気にはならないようだ。

彼は上質なローブを脱いでエプロンを着る——が、普段からヴェルネリに着替えを手伝ってもらっているくらいの彼なので、慣れないエプロンを着ようともたもたしていた。

「あ、あれ？　腕、どこから出すんだろう？　ここ？」

「そこは頭を出すところです……もう、ほら、しゃがんでください」

「ごめん……」

しゅんとなったユリウスをしゃがませて、ライラは彼の肩の付近でもみくちゃになっているエプロンを正しく着用させ、皺も伸ばした。後ろを向かせて腰のところで紐を結べば、準備完了だ。

「できました。それからユリウス様は髪が長いので、王女殿下のようにまとめてくださいね」

「うん。ライラのエプロンの紐も結んであげようか？」

「いえ、私は着慣れているので大丈夫です」

「……。……ライラが僕の紐を結んでくれたんだから、僕もライラの紐を結びたいな」

言い方が変わった。どうやら彼はそれほどまで、ライラの身だしなみの手伝いをしたいようだ。まだ結婚前ではあるが、妻が夫の着替えを手伝うことはあっても逆はあまりない。だがユリウスに捨てられた子犬のような目で見つめられると、「結構です」とは言えなかった。

「……お願いします」

「うん！」

そうしてご機嫌なユリウスに腰の紐を結んでもらったのだが、案の定結び目が縦になってしまっている。だが形が崩れているのがまた可愛らしく思えてくるのだから、やはりライラは相当ユリウスを甘やかしてしまっているのだろう。

ユリウスがせっせと髪をまとめている間、ふと視線を感じてライラはあたりを見回した。そして、周りの者たちの大半が、生温かいような微笑ましいような眼差しでこちらを見ていることに気づく。

大人な使用人や料理人たちは微笑みを浮かべており、騎士たちは直立不動の姿勢を崩すことなく冷めた目で見つめてくる。シャルロットも目を細めて、「仲がいいのね」と感心したように言っていた。

……ただ一人、エリクだけは射殺さんばかりの鋭い眼差しで睨んできたので、慌てて気合いを入れ直した。

（そ、そりゃあ確かにエリクさんからすれば、王女殿下のための実技体験中に余計なことをしていたら腹も立つよね！）

いくらユリウスを甘やかしてしまう自覚があるとはいえ、さすがに仕事中は気持ちを改めるべきだ。

準備を終えたところで、いざ菓子作り、である。

「今日は王女殿下に、レンディア王国の伝統菓子であるバターケーキを作っていただこうと考えています」

指導係であるライラはそう言って、レシピノートを作業台に置いた。

「バターケーキは、長期保存に向いています。またドライフルーツなどを練り込むことで栄養もたっぷりになり、レンディアでは昔から保存食としてこのケーキを作ってきました」

「……あまり華やかな見た目ではなさそうね」

「そうですね。いわゆる宮廷菓子ではなくて一般市民でも作りやすいものなので、見た目はそんなにおしゃれではありませんし、甘さも控えめです」

レシピノートに添えられているイラストを見たシャルロットにそう言い、ライラは材料のところを指で示した。

「材料もシンプルで、小麦粉、バター、砂糖、卵が基本で、後は味の好みに応じてドライフルーツやナッツ、お酒の種類などを決めます。それから……王女殿下は、酒精にはお強い方ですか？」

「何か関係があるの？」

「ケーキにお酒を入れるのですが、そのタイミングが二通りあるのです」

一つめは、卵白を泡立てている時に砂糖と一緒に入れる方法。この場合はオーブンで焼くことで酒が蒸発するので、最終的に酒の香りはほとんど気にならなくなる。酒精に弱い人が食べる場合は、こちらのタイミングがいい。

もう一つは、焼き上がった直後に表面に酒をまぶす方法。長期保存をする際にはこちらが推奨されており、酒の芳醇《ほうじゅん》な香りをいつまでも楽しむことができる。ただし酒精はほとんど残っているので、食べる人は少し注意が必要だ。

ライラの説明を聞いたシャルロットは、一つまばたきした。

「……ミュレルでは、十七歳からワインなどの飲酒ができるの。わたくしはまだ飲めないから、お酒に強いかどうかは分からないわ。食前酒くらいなら、少し嗜むけれど……」

「ええ、存じております。ですので、もしこれまでに食前酒や酒精入りのお菓子などを召し上がった際に酔った経験があれば、先にお伺いしたいのです」

「……」

シャルロットはしばらくの間、何か考え込んでいるかのように黙っていた。そうして、「後がいいわ」と言った。

「焼き上がりの時に掛けた方が、お酒の味が残っているのでしょう？　だったら、そちらがいいわ。それにわたくし、家系的にもお酒には強い方だと思うし」

「かしこまりました。では、お酒は焼き上がりに塗ることにしましょう」

それに酒といってもワインなどではなくて、蒸留酒に果実やハーブ、シロップなどを混ぜて作る混成酒だ。そのまま飲むものではなくて菓子に入れるくらいなら子どもでも問題ないので、シャルロットならきっと大丈夫だ。

その他、苦手な食材や体に合わない食材などがないかの最終確認をしてから、いざ菓子作り開始だ。

卵などの材料は既に料理人たちが準備しているので、シャルロットは手順通りに材料を混ぜていけばいい。

「常温に溶かしたバターを、木べらで練ります。お砂糖を加えて、滑らかなペースト状になるまで練ってください」

「……結構ざらざらするわ。この砂糖の粒がなくなるまで練るべきなの？」

「あ、いえ、それはさすがに難しいので、バタークリーム状になればいいです」

横でライラもほぼ同じ作業をしながら、シャルロットに指示を出していく。

バターを練ったら、そこに卵黄だけを入れる。

ライラが割った卵の殻をうまく使って卵白と卵黄に分けるのを見て、シャルロットが少し不安そうな顔になったのが分かった。だが彼女はすかさず寄ってきたエリクを手で制して震える手で卵を持ち、ガンッとテーブルの端に打ち付けた。

明らかに力の入れすぎだ。

「きゃあっ!?」

「っと」

シャルロットの一撃により案の定卵は卵黄ごと潰れたが、すかさずユリウスが魔法でボウルを飛ばしてくれたので、中身はそこに着地した。

(うーん……これだと泡立たないから、私の方で使っちゃおう)

多少膨らみは悪くなるが、ライラの方はおまけなのでまあいいだろう。

しょぼんとするシャルロットの代わりに手先が器用なエリクが卵二つを卵黄と卵白に分けてくれたので、卵黄をバタークリームに混ぜ込んだ。

そしていよいよ、魔道泡立て器の出番である。

卵白だけをボウルに入れて、泡立て器で一生懸命混ぜることで艶のあるメレンゲができる。ただこの、メレンゲを作る過程がとにかく大変で面倒くさいので、魔道泡立て器の導入はライラとしても非常に嬉しい。

まずは、ユリウスが器具の説明をする。

「この柄の部分に付いているボタンを押すことで、内部にある魔石の活動を促します。中の歯車が……いや、それは省略しますがとにかく先端のワイヤー部分が回転するので、それで食物をかき混ぜてください。……まずはライラに使ってもらいましょうか」

「それもそうね。キルッカ嬢、お願いね」

「かしこまりました」

ライラは進み出て、ユリウスから泡立て器を受け取った。実は念のために、これと似たようなものをユリウスに作ってもらい、前日に屋敷で使ってみている。

（ボタン部分を深く押すと回転速度が上がるから、まずはゆっくりめで、少しずつ速度を上げればいいかな）

とろりとした卵液の中にワイヤーの先端を浸してから、ボタンを押した。すると微《かす》かな機械音を立てながら先端が回転して、卵が細かい泡状に混ぜられていく。

残念ながらライラのボウルに入っている卵は卵黄も混ざっているので、メレンゲにはならない。そのため途中まで混ぜたら使うのを止めて、洗ってからシャルロットに渡した。

「どうぞ。最初に卵白の中にワイヤー部分を浸しておかないと回転した時に飛び散ってしまうので、気を付けてください」

「ええ、ありがとう」

シャルロットは受け取った泡立て器をしげしげと見てから、ライラの指示通り卵白を泡立てた。手動よりも数倍早く卵白が混ぜられ、隣に立っていたエリクが砂糖を投入した。

そんな主従の様子を微笑ましく思いながら、ライラは自分の卵はひとまずざっと混ぜて、次の行程に移る準備をした。

ドライフルーツは砂糖と酒と一緒に煮込んで、水気を切っておく。それに小麦粉をまぶしておくと、生地に混ぜ込んだ後に沈殿しにくくなる。

シャルロットの方もメレンゲが完成したようで、白くて艶やかな角をしげしげと見つめていた。

バタークリームにメレンゲとふるった小麦粉を入れてざっくりと混ぜたら型に移し、ドライフルーツとナッツを入れる。そして天板にライラとシャルロットそれぞれの型を並べて、料理人があらかじめ温めておいたオーブンに入れた。

「焼き上がりまで、四半刻ほどです」

「それまでの間、どうするの?」

「私たちが洗い物をしますので、王女殿下はおくつろぎください」

ライラがそう申し出ると、なぜかシャルロットは不服そうに目をすがめた。

「……わたくしは片づけをしない方がよいの?」

「そういうわけではなくて、洗剤も使うので手も荒れますから……」

「でも何事においても、片づけが大事でしょう。……手が荒れるのがだめなのなら、拭くくらいするわ。それくらい、いいでしょう?」

「……かしこまりました」

どうやらシャルロットは、下々の者だけに働かせて自分だけまったり過ごすというのがあまり好きではないようだ。エリクもやれやれと肩をすくめながらも、頷いていた。

そういうことでライラやユリウスが洗った食器をシャルロットに渡し、布巾で拭いてもらうことにした。そういう作業も初めてだからかシャルロットの手つきはぎこちなくて、何度かボウルや皿を取り落としそうになってエリクに受け止めてもらっていたが、それでもその横顔は楽しそうに見えた。

そうしているとオーブンがワン、と鳴いて焼き上がりを告げた。この音を設定したのは誰か分からないが、ユリウスと同じく遊び心のある発明家なのだろう。

天板は熱いので料理人に出してもらい、シャルロットと並んでじっと焼き上がりを観察する。案の定、ライラの方は膨らみが悪くてカチカチに固まっているが、シャルロットの方はふっくら焼き上がっている。

「さあ、シャルロット様。お酒を掛けましょう」

「ええ。……刷毛《はけ》を使うべきなの？」

「どちらでもいいです。私は面倒なので、こうやって……」

ガラスの型を台に置き、酒の入ったボトルを手に取る。そして蓋を開け、焼き上がりのケーキに中身をどばっと振り掛けた。

ジュワッと派手な音がして、シャルロットが「まあ！」と歓声を上げている。

「あなた、とても剛胆なのね！」

「あ、はは……まあ、こちらの方が洗い物も減りますし。王女殿下は刷毛を使いますか？」

「いえ、わたくしも掛けてみるわ」

シャルロットがそう言ったので、掛けすぎ防止のために酒を計量カップに移してから渡した。

シャルロットは最初、慎重にケーキの上に酒を垂らしていたが、ライラの時ほど派手な音がしなかったからか、結局思いきって振り掛けた。

「きゃっ、じゅわじゅわ言っているわ！」

「いい感じです。これで保存も利くようになります。今すぐに食べるとふわっとした食感ですが、日が経《た》つにつれてしっとりとしてきます。今日はこの後すぐに食べるので、ふわふわさくさくの舌触りになりますよ」

「ええ、楽しみだわ！」

酒をまぶして興奮したのか、シャルロットはすっかり笑顔になりケーキを見つめていた。

その後、テーブルを片づけて試食が始まった。

ライラが作ったカチカチケーキは二人分だけ切り分け、後は研究所の子どもたち用に包み、職員に持って行ってもらった。

料理人がささっと生クリームを泡立ててくれたので、切り分けたケーキの上にとろりと垂らす。

さらにミントと輪切りにした柑橘類《かんきつるい》、甘いケーキにぴったりの渋めの紅茶も淹《い》れられて、芳醇な香りが厨房に満ちた。

「では、いただきましょうか」

「ええ。……食べなさい、エリク」

まず、シャルロットの方は念のためにエリクが食べる。

お辞儀をしたエリクはシャルロットからケーキの皿を受け取り、フォークを手に取った。そして
なぜかしばらくの間沈黙してから、そっとフォークを差し入れた。

エリクが無言で食べるのをシャルロットが緊張の眼差しで見ていたが、やがて黒髪の従者は
フォークを置いて頷いた。

「とてもおいしいです。酒の香りもいいですね」

「そう。よかった」

シャルロットは努めて冷静に言っているようだが、言葉の端から嬉しさがにじみ出ている。

それを見届けて、ライラも自分のカチカチケーキにフォークを入れた。シャルロットのものほど
膨らみはよくないが、生地がみっちりとしていて食べ応えはありそうだ。

ライラがケーキを切り分けている間に、もうユリウスはせっせと食べている。

「ユリウス様、どうですか?」

「とってもおいしいね。それに焼き加減にムラもないし、卵もきれいに混ざっている」

「ふふ、そうですね。魔道器具を使って大正解でした」

非魔道士であるライラでも難なく使いこなせたので、あの魔道泡立て器の効果は上々だ。これな
ら、もう少しすれば市場に並び、非魔道士の家庭にも導入されるようになるのではないだろうか。

「……本当に、おいしいわ。自分で作った焼きたてのお菓子は……こんなにおいしいものなのね」

シャルロットはしみじみと呟《つぶや》いてから、ライラを見てきた。

「キルッカ嬢。あなたは、お菓子作りが趣味ということだけれど……どこかの菓子職人に師事したわけではないのよね？」

「はい、あえて言うなら母や実家の商会の女性たちに教わったくらいです。実家でも、両親や従業員の皆に振る舞ったりしていました」

「そう。……もしこれを食べさせてあげたら、あの子も喜ぶかしら」

シャルロットの呟きに、エリクが少し身じろぎしたのが分かる。だが彼の眼差しに咎《とが》めるような色はないので、ライラはフォークを置いてシャルロットを見つめた。

「……あの子、とはどなたでしょうか？」

「わたくしの末の弟よ。病弱で、いつも離宮で療養しているの」

シャルロットは、滑らかに言った。

「わたくしには兄が一人と弟が二人、妹が一人いるわ。末の弟は生まれつき体が弱くて、わたくしもあまり会いに行けていないの。でも、お土産を手に離宮を訪問したら、姉様、と笑顔で歓迎してくれて……」

「そうですか……」

体の弱い王子、と聞いたライラは、シャルロットの皿に残っているケーキを見やった。

シャルロットでさえ「焼きたてのお菓子」に感激しているようだから、病弱な弟は何度も毒味をされて冷めた料理しか食べたことがないだろう。それにきっと薬をたくさん飲むだろうから、甘味もあまり食べられないかもしれない。

「……王子殿下はきっと、王女殿下が一生懸命作ったお菓子に興味をお持ちになりますよ」

言葉を選びながらライラが言うとシャルロットは顔を上げて、少しだけ迷うような瞳を向けてきた。

「……喜んでくれるかしら。お酒入りはあげられないけれど、体にいい食材を使ったお菓子なら……おいしい、って言って食べてくれるかしら」

「ええ、きっと」

……ミュレルでは、貴族女性が厨房に立つことはない。

だから祖国に戻ったら、シャルロットはもう二度と料理をすることはできなくなる。

だがもし、王女でも厨房に立って料理してもよい、ということになれば。弟王子は喜んで、大好きな姉の作ったケーキを食べることだろう。

ライラの言葉を聞いて、シャルロットはふわりと笑った。そして自分の分のケーキを食べると、「後はあげるわ」と、エリクに残りを押しつけたのだった。

＊＊＊

ある日、レンディア王国王都に立派な馬車の列が現れ、目抜き通りを北上して王城へと向かっていった。

その馬車には、ミュレル王国の国旗がはためいている。そのため国民たちは、「滞在中のシャルロット王女が、どこかに行かれていたのだろうか」と思ったが、そうではなかった。

馬車は、ミュレルからやって来た王族の一行だった。

そして急な来訪者に驚いたのは国民だけではなく、王族たちもだったそうだ。


夜、暖炉の前でくつろいでいたライラはユリウスからその話を聞き、首を傾《かし》げた。

「……ミュレル王国の王太子？　そんな予定、なかったですよね？」

「うん、なかった。……なかったから、城の方もちょっと慌てたみたいだ」

ユリウスはそう言って、西――王都のある方をじっと見やった。

「シャルロット殿下がレンディアを発《た》つのにあわせて、王太子殿下が妹王女を迎えに来るという予定にはなっていた。でも……さすがに来るのが早すぎる。ご本人は『妹のことが気になったので』と述べて、過度のもてなしは不要だと言っているようだけれど、そういうわけにもいかない」

「いい迷惑ですね……」

「本当に。……ここしばらくは大きな式典や祭りがないからよかったものの、もしこれが多忙期の出来事だったら、もっと面倒なことになっていただろうね」

一応名家の子息だが住まいが郊外にあるユリウスはあまり関係がないようだが、イザベラなども王太子の接待に関わることになり、ぐちぐち文句を言っているそうだ。

「伯母上は、『あんな無礼なガキ、陛下のお許しがあれば一瞬で国に送り返してやるのに』とおっしゃっていたけれど、僕も同意だね」

「確かに、予定を大幅に前倒しにして押しかけてきた王族の相手なんて、嫌ですよね」

「うん、でも国王陛下には当然却下されたらしい。伯母上もちょっとカリカリしているから、今下手に魔法を使ったら王太子の頭と体が分断された状態でミュレルに送り返すことになるかもしれないだろう、って言われたそうだよ」

「そ、そうですか」

イザベラは小柄で愛らしい夫人といった風貌だが、やたら物騒な噂《うわさ》が多い。現国王とも子どもの頃に冒険をした仲らしく、彼女に逆らえる人はそうそういない。彼女はユリウスやライラのことをとても可愛がってくれるのだが、やはり下手に刺激しない方がいいようだ。

「それで……ユリウス様には何か、追加のお仕事が入りましたか？」

「僕は既に王女殿下の案内係だから、さすがに王太子殿下のお守りは免除された。代わりにいとこたちが駆り出されているけれどね。ただし王太子殿下は、シャルロット殿下に会いに来ている。ということは必然的に、僕たちも王太子殿下に関わることになるんだよね」

「……やっぱりそうですよね」

ライラもなんとなくそんな予感はしていたが、ユリウスの口からはっきり聞かされるとついため息をこぼしてしまった。

ライラが王太子について知っているのは、名前がトリスタンで年齢は二十歳くらいだということ。シャルロットの同母兄だということくらいだ。

彼の人となりをよく知っているわけではないのだが、予定よりも早く隣国に押しかけてくるというだけで、印象は駄々下がりだ。ライラは商会育ちで商人たちの働く姿を見てきたからか、商談に大きく影響する時間や約束を守らない人が好きにはなれなかった。

「それで……王太子殿下はどうなさっているのですか？」

「幸い、接待用の客間が空いていたからそこを使ってもらっている。それで、王女殿下がきちんと学習をなさっているのか気にしているようで、今度僕たちが訪問する場にも同席するそうだ」

「……なるほど」

ということは、シャルロットの付添人《コンパニオン》であるライラも必然的に王太子と関わることになる。

あくまでもライラはおまけなので基本的なことはユリウスに丸投げすればいいのだろうが、だからといってずっと黙って壁際に立っていればいいわけでもないだろう。

（王女殿下みたいな方だったら、私も頑張ってご挨拶できると思うけれど……）

ライラの心配を読み取ったのか、ユリウスはクッションから身を起こしてライラの肩をそっと抱いてくれた。

「……明日、ヴェルネリに頼んで研究所の皆に王太子殿下についての調査をしてもらう予定だ。僕もせめて、王太子殿下の人となりだけでも知っておきたいからね」

「……分かりました」

「ごめん、ライラ。本当なら、結婚に向けて君にはのんびりしてもらいたかったんだけど……」

俯《うつむ》いたユリウスが言うので、ライラは顔を上げて――ぴこん、と人差し指の先でユリウスの額を弾《はじ》いた。

「んっ？」

「だめですよユリウス様、そんなことを言ったら」

驚いた顔で額をさするユリウスに微笑みかけて、ライラは指先でそっとユリウスの頬を撫《な》でた。

「確かに、結婚式の準備もあるし花嫁修業もするしで多忙ですけれど……全部、私が望んでやり始めたことです」

「……」

「王女殿下の付き添いだって、最初はびっくりしたけれど今はとてもやりがいがあるし……何より、ユリウス様と一緒にお仕事できるのがとっても楽しいんです」

幸い、四ヶ月後の結婚式のことはバルトシェク家とキルッカ家の方で進めてくれているし、ドレスの予約や招待状書きなども順調に進んでいる。

招待客からの返信も順次届いていて、地方都市に戻ったアマンダや学院時代の友人たちからも、喜んで式に出席するという返事があった。その他、キルッカ商会の役員や親戚などの出席も決まり、空いた時間に席次や宿泊客の接待についてユリウスと相談しているところだ。

「それに私、結婚に向けて手柄を作りたいんです。ほら、昔から騎士たちは武勲を立ててから恋人に求婚したりしたでしょう？　そんな感じで」

ライラが言うと、ユリウスはぷっと小さく噴き出した。

「ふふ……ライラ、いつの間に中世の騎士になったのかな？」

「い、今のはたとえです！」

「分かっているよ。でも……僕も同じで、君と結婚する前に一つ勲章がほしいと思っていたんだ。これで役目を果たせたら、僕たちは最強の夫婦になれるかもね」

「なれますよ！　私、ユリウス様と一緒なら二倍以上の力が出せるんです」

一たす一が、二以上になる。

数学者からするととんでもない計算ミスだろうが、今のライラはまさにこんな感じだ。

ユリウスがいるから、頑張れる。彼と手を取りあったら、二倍、三倍もの成果を生み出せる。

ユリウスは目を細めて微笑むと、すり、とライラのつむじに頬をすり寄せてきた。大きな猫のような仕草が可愛らしくて、ライラは彼の柔らかい髪をそっと撫でた。

「……花嫁衣装を着た君は、きっととてもきれいだろうね」

「ありがとうございます。でももし私がとてもきれいに見えるのなら、それは私を輝かせてくれたユリウス様のおかげですからね」

「……まったく。僕の婚約者殿は、褒め殺してくるものだから困ってしまうね」

口ではそう言いながら全く困った様子もなくユリウスは笑い、ライラの前髪を軽く掻《か》き上げてちゅ、と額にキスを落とした。

「もうちょっとだけ、頑張ろう。結婚したら今以上に、君のことをうんと甘やかしてあげるからね」

「ふふ、それじゃあ私もユリウス様にたくさん甘えますし、その分たくさん甘やかしてあげますからね」

ライラだけでなく、ヴェルネリやヘルカもついついユリウスを甘やかしてしまう。イザベラを始めとしたバルトシェク家の皆もユリウスのことを信頼しているようだから、過酷な幼少期を送った彼は今、たくさんの愛情に包まれていることだろう。

（でもお嫁さんになったら、私にしかできない方法でたくさん甘やかして差し上げたい）

そうすることできっと、ライラも今以上に幸せになれるだろうから。

＊＊＊

数日後、ライラはユリウスたちと一緒にシャルロットの滞在する離宮を訪問した――が、その身なりや姿勢はいつも以上に気合いを入れている。

ミュレル王太子・トリスタンについて調査したヴェルネリは、しかめっ面で帰ってきた。その顔だけでなんとなくのことは分かったのが、虚《むな》しいところだ。

簡単に言うと、王太子は魔道士絶対主義者らしい。非魔道士を蔑視しており、レンディア内では一応大人しくしているものの、相手が魔道士か非魔道士かで態度が変わる。

さらにユリウスが花婿修業で貴族の男性陣、ライラがバルトシェク家の女性陣から情報収集した結果、王太子は急遽《きゆうきよ》行われた歓迎パーティーでも明らかに相手によって接し方を変えており、レンディア貴族たちもそんな王太子をもてあまし気味だという。

彼からすると、平民階級だが優秀な魔道士であるユリウスはともかく、非魔道士の平民であるライラは見下して当然の立場。しかもそんな女が妹の付添人《コンパニオン》になっているというのだから、きっとライラにイヤミの一つくらい平気でぶつけてくるだろう。

だが「王太子殿下には会いたくありません」とは言えないし、シャルロットとの計画に穴を空けるわけにもいかない。よって、「隙のない態度で挑み、難癖を付けられないように自衛しよう」ということになったのだった。

ライラのドレスは、露出が少なくて全体的な装飾も少なめだが、見る人が見れば分かる高級な布地を使った気品漂うデザインのものにした。髪もまとめて小さめのハットを被《かぶ》り、ごく薄いショールを羽織る。いつもよりずっと大人っぽいデザインなので少し緊張したが、ヘルカは「これくらい強気なのがいいのですよ」と言っていた。

ヘルカはいつも以上にライラを飾る際に気合いを入れて、「相手に舐《な》められないメイク」というのを施してくれた。

そうして鏡に映る自分の姿を見たライラとしてはいつもより少し派手かな、というくらいの印象だったしユリウスも「いつも通りライラは可愛いよ」としか言わなかったのだが、ヴェルネリが「いつもよりも圧を感じます」と言っていたので、きっと効果があるのだろう。

ユリウスも、重いし動きにくいのでいつもは着たがらない正装用の上着を纏《まと》っており、ヴェルネリとヘルカも上質なローブを着ている。念のため魔道研究所の職員にもチェックしてもらったところ、「衣装に関してはケチの付けようもありません」というお墨付きをもらえた。

(後は、私たちの行動次第だね……)

非魔道士を見下す王太子について、ユリウスたちと一緒にあれこれ話しあった。いくらミュレルがレンディアと比べると取るに足らないような小国だとはいえ、王太子を怒らせるのは後が面倒になるのでやめた方がいい。

……もしかするとライラが暴言を吐かれて心が傷つくようなことが起きるかもしれないが、ぎりぎりのところまでは耐えよう、ということでユリウスも最終的に頷いてくれた。

(いざとなったらイザベラ様の名前を出して、脅すこともできるそうだけれど……それは最終手段

にしておこう）

離宮の使用人や騎士たちに挨拶するが、皆の表情も以前よりも硬いように思われた。シャルロットやエリクたちだけがいる頃より、皆も警戒を強めている。

そういうところからも、トリスタン王太子の人となりが見えてくるようで、胃が少しきゅっと痛んだ。念のため朝食は少なめにしておいて、よかった。

「トリスタン殿下、シャルロット殿下。ユリウス・バルトシェク様並びにライラ・キルッカ様がお越しになりました」

いつもなら「シャルロット様がお待ちです」とだけ言う部屋の前の使用人が、わざわざ仰々しく言った。彼が「室内には既に王太子がいる」ということを、ライラたちに伝えようとしてくれたのだとすぐに分かった。

ユリウスの腕にしがみつき、ライラはごくっと唾を呑《の》んだ。

これまで何度も訪れたことのあるシャルロットの部屋に足を踏み入れるのが、怖い。

だがそっと、ライラの手の平に大きな手が重なった。ユリウスは視線こそ前に向けたままだが、ライラの震える手の平を包み込むように握りしめてくれる。

（……そうだ。私、ユリウス様にも言ったんだ。私はユリウス様と一緒だから、強くなれるんだって）

自信を持て、怖《お》じ気付《けづ》くな、と自分に言い聞かせて、ライラは深呼吸した。

ユリウスがそっと手を離したところで、正面のドアが開いた。

室内にはシャルロットとエリクの他、シャルロットとよく似た面差しの青年と武装した騎士たちの姿があった。騎士たちの衣装からして、王太子がミュレルから連れてきた護衛で間違いないだろう。

十六歳の王女のために可愛らしい部屋を用意したというのに武装した男たちでいっぱいになっていて、シャルロットと部屋がかわいそうだ。

ソファに座っていたシャルロットがこちらを見て、何か言いたそうに口を開いた。

だが彼女が言葉を発するよりも早く、彼女の正面に座っていた男がこちらを見て――シャルロットと同じ青色の目を、わずかに細めた。

「……おまえたちが妹の世話係か」

その眼差し、その物言いから感じられるのは――明らかな、嫌悪。

シャルロットは口を閉ざして、俯いてしまった。兄の前では、自由にものが言えないのだろう。

ユリウスが進み出て、ライラと揃ってレンディア風のお辞儀をした。

「おはようございます、シャルロット殿下。並びに……ようこそいらっしゃいました、トリスタン殿下。私はバルトシェク家のユリウス、こちらは婚約者のライラ・キルッカと申します」

「お初にお目にかか――」

「おまえが妹の付添人《コンパニオン》になったというのは、本当か？」

勇気を振り絞って口にした挨拶の言葉は、途中で無惨にぶった切られてしまった。

目下の者は目上の者の発言を妨げてはならない、というのは平民でも知っている常識だが、まさかいくら王太子とはいえ、ライラの挨拶をここまでばっさり切り捨てるとは。

啞然《あぜん》としてしまったライラの代わりに、ユリウスが答えてくれる。

「はい。最初は下級貴族の女性を付添人《コンパニオン》にする予定でしたが、王女殿下たってのご希望で変更させていただきました。王女殿下にご推薦いただき、私もライラも大変光栄に思っております」

ユリウスが慇懃《いんぎん》に答えたからか、王太子はライラではなくて妹の方を見た。

「……まったく、おまえは物好きだな。そこの従者にしても付添人《コンパニオン》にしても、わざわざ魔力の低い者を選ぶなんて」

「……非魔道士からも学べることがあると思いましたので」

やっとシャルロットが発言したがその声は、知りあった直後の頃のように冷めていてとげとげしい。少なくとも、妹が敬愛する兄に対して見せる態度ではなかった。

(王女殿下は、末の弟王子様のことは気に懸けてらっしゃったけれど、王太子殿下とは……仲がよろしくないのかな?)

そうすると、王太子が「妹の様子を見に」早めにレンディアを来たということにも、ただならぬ事情があるように思われてきた。

だが王太子はつんけんした妹の態度には特に何も言わず、ライラを見てふんと鼻を鳴らした。

「……まあ、バルトシェク家に嫁入りするくらいならば、ある程度の信頼はできるのだろう。ユリウス・バルトシェク殿といったか。貴殿の婚約者が妹に無礼な振る舞いをしたりしていないだろうな？」

今まさに王太子本人がユリウスやライラに対して無礼な振る舞いをしているのだが、この場にそれを突っ込む者はいない。

ライラは背後でヴェルネリが静かな殺気を放っているのを感じながら、そっとユリウスの腕を撫でた。一般男性よりはやや細い彼の腕には今、いつになく力が籠もっていた。

だがユリウスは柔和な笑みを崩すことなく、丁寧にお辞儀をした。

「そのように私もライラも努めております。……さて、本日は王女殿下に、レンディアの魔道器具の歴史についてお教えする予定ですが……王太子殿下はいかがなさいますか？」

「貴殿たちが妹に余計な知識を与えていないかの確認をする。講義をするのならば、さっさと始めろ」

「仰せの通りに」

ユリウスは一旦ライラの腕を解くと進み出て、エリクが無言で引いた椅子に座った。いつもならシャルロットの向かいがユリウスの定位置なのだが、今そこは王太子に陣取られている。

そうして緊張の糸が解けないまま、ユリウスによる歴史の講義が始まった。

傍目《はため》から見ていても、シャルロットは緊張し続けている。最近ではユリウスと活発に意見交換して、ライラやヘルカにも「今のことについて、あなた方はどうお思い？」と話題を振ってくれるようになっていた。

それなのにシャルロットは常に無表情で、ユリウスの話を黙って頷きながら聞くだけだ。どう見ても、楽しんでいるようには思えないし……その元凶たる王太子は、胡散臭《うさんくさ》そうな目でユリウスを見ていた。

幸いユリウスはマイペースゆえか妙に肝が据わっているので、王太子の前だろうといつも通りの調子で歴史の解説をして、ヴェルネリが差し出した資料を使って説明したりしている。

シャルロットは図表を見て何度か瞳を揺らしたようだが、結局彼女が「そう」や「なるほど」など以外の相槌《あいづち》を打つことはなくて、痛々しい空気のまま半刻の講義が終わった。

「……我が国における百年間の魔道器具の歴史は、このようなところです。何かご質問などはございませんか？」

「ありません。どうもありがとう」

案の定、シャルロットは最後まで自分の意見らしいものを発することはなかった。

その後、メイドがしずしずと進み出て茶の仕度を始めた。王太子はつまらなそうにその様を見ていたが——ふいに、声を上げた。

「おい、どういうことだ。なぜ、平民の分の茶まで出す？」

「えっ……」

指摘されたメイドが、困ったように動きを止めた。それもそのはずだ。

彼女は、ユリウス、シャルロット、王太子の三人分のティーカップをテーブルに置いたのだ。

講義をした者と聞いた者、ついでに傍観者。三人分の茶の仕度をするのは、何も間違ったことではない。

だが今の王太子の発言からして、彼は平民――つまりユリウスと共に茶を飲むつもりはないのだ。

今、この場で一番活躍したのはユリウスだというのに。

「平民の分の茶器を下げろ。私とシャルロットの分だけ淹れればよい」

「……」

「そのようにしてくれるかな」

熟練のメイドといえどこの命令には戸惑ってしまったようで、ユリウスの方がやんわりと助け船を出した。

彼女は慌ててお辞儀をすると、ユリウスの前に置いていたティーカップを回収した。それを見て、王太子はやれやれとばかりに肩をすくめる。

「レンディアの使用人教育は、なっていない。我が国であれば、いくら講師だろうと平民と同じ席で茶を飲むなんてとんでもないことだ」

「そうですね」

ユリウスは鉄壁の笑顔を崩さない。彼のポーカーフェイスがあまりに見事なので騙《だま》されてしまいそうになるが――ライラは彼の背中から、静かな怒りの波動が出ていることに気づいていた。

自分の茶を出させなかったことより、レンディアのやり方を貶《けな》されたことに腹を立てているのだろう。先日、妹とライラが同じテーブルでケーキを食べたり紅茶を飲んだりしたことを知ると、王太子はどんな反応をするのだろうか。

(……きっと王女殿下は、そういうことも知られたくないんだろうね)

今のシャルロットの顔から窺《うかが》えるのは、明らかな「拒絶」の色。関わらないでほしい、という無言の意志をしっかりと受け取り、ライラは何も言わずに面を伏せた。

……のだが。

「そう、平民といえば……ユリウス・バルトシェク殿はなぜわざわざ、そこの非魔道士の平民と婚約したのだ?」

王太子は言って、「そこの」とライラの方を親指で差してきた。

ぴくり、とユリウスの背中が震えるが、彼の口調はいつもと変わっていなかった。

「そうですね……色々ありますが、私が彼女に惚《ほ》れ込んだというのが一番の理由でしょうね」

「貴殿が惚れ込んだ……?」

「はい。子細は省略しますが、私の方から口説きました。伯母のイザベラも、私たちの婚約を祝福してくれたのですよ」

「……そ、そうか。イザベラ殿もご推薦なのか」

それまでは偉そうだった王太子に、わずかな焦りの色が見えた。どうやら次期国王といえど、レンディア最強候補の女魔道士には頭が上がらないようだ。なるほど確かに、いざとなったらイザベラの名前を出せばいいだろう。

ユリウスは説明する際、色々なことを省いた。わりと彼はライラとのなれそめにもオープンなので、「三度目惚れ」や体調不良について、聞かれれば素直に答えているし、ライラもそれでいいと思っている。

だが、基本的に人当たりのいいユリウスが、明らかに王太子に対して拒絶の姿勢を見せた。社交性を学ぼうと頑張る彼が、それくらいはっきりと態度を変えるのは……それだけ、王太子に対する好感度や信頼が低迷しているということだろう。

イザベラの名前が出たからか、王太子はユリウスを突っつくのを止めたようだ。だが何かにケチをつけなければ死んでしまう病にでも罹《かか》っているのか、今度は壁際でひっそりと気配を消していたライラの方に矛先を向けてきた。それも、嫌らしいやり方で。

「それにしても……貴殿も苦労していることだろう。非魔道士と結婚するとなれば、苦労することも多いはず」

「いえ、特には」

「遠慮しなくても。……きっとユリウス殿はお優しいから、非魔道士を哀れに思っているのだろう。だが、情を掛けすぎるのもよくない。貴殿も平民階級ということだから、哀れな弱者たちへの同情心があるのだろうが……」

――ざり、と音がした。

喋っている途中の王太子は気づかなかったようだが、ライラはユリウスが思わず足を動かしたため、つま先がカーペットを擦って音が出たのだと分かった。

きっとそれくらい、彼は怒っている。

(非魔道士は……かわいそうな人間……?)

つい、ライラは視線を横に向けた。ちょうど、シャルロットもこちらを見ていて……そして、すっと目を逸らした。

まるで、後ろめたいことがあるかのように。

(……ああ、そっか)

きっとミュレルでは、「非魔道士はかわいそうな人間」なのだ。

シャルロットはまだそのあたりは寛容みたいだが、今ライラの眼差しから逃げたというのは……おそらく、少なからず兄に同意する節があったということ、もしくは兄の言葉に反論する勇気がないということではないか。

だからといって、ライラの視線から逃れようとするシャルロットを責める気は、一切ない。彼女こそ――ユリウスと兄を前にして、今にも倒れそうなほどのプレッシャーに苦しんでいるはずだから。

一緒にケーキを作った時。卵がうまく割れずに困っていた顔、目を輝かせて魔道泡立て器を使っていた時の顔、焼き上がったケーキに酒を掛けて音に驚いていた時の顔こそが彼女の素顔なのだと、ライラは信じている。

ぐっと、腹の前で両手を握りしめる。

たとえ「かわいそう」扱いされようと、罵倒されようと、今はユリウスと王太子が会話している状態なので、ライラに発言権はない。

だから、黙って耐えるしかない。

「……そうですか。でも私は別に、慈悲の心のあるなしは関係ないと思っています。私は、ライラという人に関心を持って、結婚したいと思ったのであり……ライラ」

「は、はい！」

名を呼ばれたので顔を上げると、ユリウスが振り返ってこちらを見ていた。

ライラの大好きな優しいヘーゼルの目が、慈しむようにライラを見ている。

「僕は君のことを、かわいそうだとは思わないよ」

「……」

「ライラ、君はどう思う？」

ユリウスの方から話題を振られた。さっと王太子の方を見ると、つまらなそうな目でこちらを見ている。

……ライラを平民の非魔道士だと蔑む目と、ライラだから好きだと言ってくれる目。

（……私、ユリウス様に応えたい）

だからライラは一歩前に出て、息を吸った。

「恐れながら、王太子殿下に申し上げます」

「……何だ」

「私は商家の娘として、魔力を持たない両親のもとに生まれました。子どもの頃は……大きくなればひょっとしたら魔道士になれるかもしれない、という淡い期待を抱いていました」

だが、魔道士になれるかどうかは先天的に決まる。就学時の魔力測定で測定器がゼロを示した以上、ライラは逆立ちをしても魔道士にはなれない。

その時にはさすがにショックだったし、ふてて泣いたりもした。

だが。

「それでも私は……自分のことがかわいそうだと思ったことは、ありません」

「ああ、そうか。まあ、持たぬ者の遠吠《とおぼ》えだろうな」

勇気を出して言ったというのに、王太子はさらっと流した。

……それが悔しくて、ライラは怯《ひる》むことなく言葉を続ける。

「魔道士でなくても、私は幸せです。私の周りの人たちが、この国が、私を幸せにしてくれているからです」

「……何だと？」

自国と比べるような発言はさすがに聞き捨てならなかったのか、それまでは退屈そうにライラの話を聞いていた王太子が途端に目の色を変えたため、ライラは心臓が止まるかと思った。

——叱られる。罰を受ける。

言い過ぎたのだと気づいてさっと青ざめて後退するライラを、そっとヘルカが支えてくれた。そして王太子が何か言うよりも早く、ユリウスが口を開く。

「ライラの言う通り、レンディア王国では魔道士と非魔道士が同じ国民として協力しあうことを推奨しております。……確かに魔力を持たない人々は、私たちより不便を感じることも多いでしょう。しかし……持っているから幸せ、というわけではないと思うのです」

それはきっと、「持ちすぎている」ユリウスだからこそ言えることだ。

魔力がないから不幸、魔力があるから幸せ、というわけではない。

実際にユリウスはオルーヴァ王国で生まれて高い魔力ゆえに実験台にされていたし、その後も魔力過多で苦しんできた。一方のライラは十八歳になるまで魔法とはほとんど縁のない生活を送ってきたが、だからといって不幸だと感じたことはない。

かっとなった王太子だが、ユリウスにやんわりと言われて口をつぐんだ。所詮彼は小国の王子で、しかもここはレンディア王国だ。シャルロットが菓子作りに挑戦したように、郷に入っては郷に従うのが礼儀なのだ。

大国レンディアの方針に異を唱えた、と取られてもおかしくない態度に王太子が気づいただけでなく、ついでのようにユリウスが付け加えた内容がさらに打撃を与えた。

「レンディア王国における魔力の有無は、個性の一つのようなものです。背が高いか低いか程度の違いと大差ないと、私は思っています」

「なっ！……っ……っ！」

途端王太子はなぜか顔を赤くしてユリウスに何か言おうとしたようだが、結局言葉にはならなかった。彼が立ち上がっているところは見たことがないのだが……ソファに座った時の足の余り具合からしておそらく、王太子は背が低い。

彼はユリウスに当てこすられたのだと思ったようだが、当の本人はしれっとしている。間違いなく、ユリウスは自分の発言にそれほど深い意味を持たせていなくて、ただの例として身長差を挙げただけなのだろう。ここで王太子がかっとなれば、勝手に自爆しただけになる。

王太子は一旦の敗北を悟ったようで黙《だんま》りになると、いきなり立ち上がった。

「……私は部屋に戻る」

「お兄様……」

「また明日、様子を見に来る。……いい子にしているんだぞ、シャルロット」

王太子は妹の顔を見ることなく言うと騎士たちを集めて四方を囲ませ、足早に部屋から出て行った。その時見えたが、王太子は騎士の中で一番背が低い者よりも小柄なので、やはり身長を気にしていたのだろう。

兄一行が去った後も、シャルロットは無言を貫いた。しばらくしてエリクの方から、「シャルロット様はお疲れですので、そろそろ……」と退出を促してきたので、ありがたく撤退させてもらうことにした。

部屋を出てもまだライラたちはお喋りをするつもりになれず、離宮を出て、待たせていた馬車に乗って四人だけになってから――はああ、とそれぞれ大きなため息をついた。

「まったく……なんという非常識な王子なのでしょうか、あの人は！」

わりと普段からずばずばとものを言うヴェルネリだが、今の彼はいつも以上に感情の波が荒い。腕を組みブーツの先をイライラと揺らしながら、窓越しに見える離宮の尖塔《せんとう》を睨み付けている。

「そのくせ、イザベラ様の名前を出されると叱責に怯《おび》える幼児のように表情を変える……よくあんなのが王太子になれますね！」

「ミュレルは男子優先の長子相続で、よほどのことがない限り一番上の王子が後継者になるから、仕方ないでしょう」

隣のヘルカは冷静に突っ込んでいるが、眉間には深い縦皺《たてじわ》が刻まれており、明らかにご機嫌斜めの様子だ。

従者二人が好き勝手に言っているが、それを咎めるつもりはユリウスもライラもない。礼儀云々《うんぬん》以前に、思っていることをはっきり言ってくれるから、ライラたちの方はかえって落ち着けたからだ。

ライラはそっと、ユリウスの方を窺った。離宮を出た時から一言も発していない婚約者はいつもの柔和な笑みを消しており、難しい顔で馬車の床を見つめている。

（ユリウス様……）

手を伸ばして、腕を組んでいた彼の右手に触れた。ぴくり、と指先が震えて、ヘーゼルの双眸《そうぼう》がゆっくりとライラを見つめる。

初めは感情の色に薄かったそこが、徐々に淡く色づいていく。戸惑い、怒り、迷いなどの感情に揺れた後、最後に彼の瞳に残ったのは――後悔の色だった。

「ライラ……ごめん。嫌な思いをさせてしまった」

「いいえ、ユリウス様が謝られることではありません。私は確かに嫌な気持ちになりましたが、そう仕向けたのはあの王太子で、ユリウス様は私を守ろうとしてくれました」

ユリウスの謝罪をはね除《の》けて、ライラははっきりと言った。

あの場で、ユリウスが王太子に強い口調で物申すことはできなかった。バルトシェク家の権威は、伯爵家と同程度。いくら王太子がイザベラに怯えている様子だからといって、無謀に立ち向かうわけにはいかない。しかも、たかがライラごときのために。

ユリウスは、バルトシェク家の者として、レンディア王国の民としての責務を重視している。去年の冬にライラがオルーヴァに誘拐された時も、彼はライラの救出よりも国の未来を優先させた。

そういう判断ができるユリウスのことをライラは尊敬しているし、名家の子息としての責務を重んじる彼を支えたいと思っている。

だから先ほど彼がライラに話を振ってくれた時――とても、嬉しかった。

結果としてライラの言葉だけではほとんど王太子には響かなかったようだがそれでも、ユリウスがライラを信じて頼りにしてくれた、ということが何よりも嬉しかった。

「私こそ、王太子を怒らせてしまいました。……どんな状況であれ、自分の国と他国を比べられれば、いい気はしないに決まっていますのに」

「はぁ？　あなたそれ、本気で言っているのですか？」

ライラに突っ込んできたのはユリウスではなくて、ヴェルネリだった。

彼は元々目つきの悪い目をさらに細めて、ライラをじとっと見つめてきた。

「側で聞いていた私からすると、あなたの発言には何の瑕疵《かし》もございません。あなたがいち国民として、国王陛下の統治に感謝しているという気持ちを述べただけのこと。あれを煽《あお》りと受け取った王太子の方が短慮なだけです」

「珍しくいいことを言うわね、ヴェルネリ。……彼の言う通り、ライラ様が気にされることは何もございませんよ。ミュレル王太子が本当に自国に誇りを持っていれば、ライラ様の発言で気を損ねたりしません。弱い獣ほどよく吠《ほ》える……それは自分のことなのでしょうね」

ふん、とヘルカが鼻で笑った。隣でヴェルネリが「珍しく、とはどういうことだ」と肩を小突いているが気にせず、長い髪をさらっと掻き上げた。

「わたくしの見解としては……あの王太子に、レンディア王国に刃向かうだけの力はありません。妹の様子を見に訪問したということですが、基本的に放っておいてよろしいでしょう」

「……うん。ありがとう、ヘルカ、ヴェルネリ」

ライラが頷くと、そっと肩が抱き寄せられた。ライラもその腕に触れて、婚約者の胸元に身を預ける。

「……ユリウス様。私、あなたの言葉を聞けてよかったです」

「……ええと、どれかな？」

「魔力の有無は、個性の一つだ。身長が高いか低いか程度のことだ、っておっしゃってくださったでしょう？　だから私、大丈夫だったんです」

背が高くて、名家の養子で、魔道士としての腕前に優れているユリウス。彼が言うからこそ、「魔力の有無は個性の一つ」という言葉の重みが伝わってきた。

レンディア王国は、魔力の有無で人を差別しない。してはならないとされている。

魔力がないから出世できない、ということはない。ただ単に魔法関連の仕事に就けないだけで、日常生活では何も困らない。困らないように、多くの魔道士たちが工夫をしてくれている。

だからライラたち非魔道士も、レンディア王国の国民としての責務を果たそうと思える。

「王太子は怖いし、嫌な人だと思いました。……でも、私は私として生まれたことを何も恥じる必要はないんだ、と思えたのです。あなたがいてくれたから」

「……そっか」

ユリウスは微笑み、ライラの頬に軽くキスを落とした。乾いた唇の感触が愛《いと》おしくて、ライラはつい、「もっと」と呟いてしまった。

直後、正面の席でゲホゴホ咳《せ》き込む音と、咳き込んだ男の脛《すね》にヘルカが蹴りを入れた音が聞こえる。そしてライラを見下ろしていたユリウスは一瞬目を丸くした後、眉を垂らして苦笑した。

「素敵なおねだり、ありがとう。でもここだと落ち着いてできないし……続きは屋敷に帰ってからでいい？」

「……はい。ちゃんと待ちますから、たくさんしてくださいね？」

「うん、たくさんあげる」

ユリウスに抱き寄せられて、ライラはそっと目を伏せた。

ライラは、大丈夫だ。

ライラを支えて信じてくれるユリウス、側で見守ってくれるヴェルネリとヘルカ、そして国民として守ってくれる多くの人たちがいるから。

だが、ライラはよくても。

（王女殿下は……大丈夫なのかな）

ふと、心に陰が過《よぎ》った。

兄王太子の前ではにこりとも笑わず、最低限の相槌しか打たなかったシャルロット。

彼女は兄が非魔道士に対する差別的な発言をした時に――明らかに、気まずそうに視線を逸らしていた。

少女らしく無邪気に感情を露《あら》わにしていたシャルロットと、氷のように凍《い》てついた今日のシャルロット。

本当の彼女は一体、どちらなのだろうか。

6章◆ひとりぼっちのお姫様

冬が終わり、春が訪れる。

ユリウスとの結婚式まであと三ヶ月となり、式用の衣装が完成したという連絡が入った。

レンディア王国では、花婿衣装と花嫁衣装はそれぞれの実家で保管することになっている。そのためライラは久しぶりに実家に帰り、仕立屋が完成させた衣装の最終確認をすることにした。

あいにくその日、父は執事を連れて近郊の町へ商談に出かけており、家にいるのは母だけだった。

だが母はライラを見ると笑顔で抱きしめてくれて、商会にいた従業員たちも、「お久しぶりです、お嬢様」と挨拶してくれた。

「ユリウス様とは、どう？　うまくやっていけている？」

メイドが淹《い》れた紅茶を飲みながら、まずは近況報告をすることになった。

ライラが最後に両親と話をしたのは、オルーヴァから救出されて屋敷で療養している時のこと。

その後のライラは花嫁修業をしたり王城に行ったりで忙しくて、なかなか家族と会えなかった。

「うん、とても優しくしてもらっているよ。仕事の方も、なんだかんだいってうまくいっているし」

「そう。……まさかあなたがミュレルの王女様の付添人《コンパニオン》になるなんて思ってもいなかったけれど……まあ、その表情を見る限り大丈夫そうね」

母はそう言って、焼きたてのクッキーを勧めてくれた。母は料理好きで、ライラも彼女に憧れて厨房《ちゅうぼう》に立ち、菓子作りを教わるようになった。

だが母はやや剛胆なところがあり、彼女の作る焼き料理は少々焦げ気味なことが多い。このクッキーもライラが屋敷で作るものよりもこんがりとしており、その硬さと苦さがなんとも懐かしかった。

(……屋敷に帰ったら、クッキーを焼こうかな。今日はユリウス様もご実家に帰られているし、夕食前のお茶の時間にお出ししたら……喜んでもらえるかな)

さくさくというよりカリカリという食感のクッキーを食べていると、ふと、向かいの席の母がなんとも言えない目で自分を見ていることに気づいた。

「……何?」

「いや、あなたもそういう顔ができるようになったんだなぁ、って思って」

「えー、そんな変な顔してた?」

「変じゃないわよ。なんというか……恋する乙女って感じの顔?」

にやりと笑って言われたものだから、ライラはついぽろりと食べかけのクッキーを皿に落としてしまった。じわじわと頬が熱くなっていく。

ヘルカにはよく、「ライラ様は恋する女性の顔をなさっていますね」と言われているが、実の母親に言われるのは全然違う。なんだか、とんでもなく恥ずかしい、本来なら隠すべきものを暴かれたかのような恥ずかしさが湧いてきて、ライラはむっとしてクッキーの皿を前に押し出した。

「ちょっと、恥ずかしいんだけど」

「あらそうー？　でも……ヘルカさんだったかしら、その人にはよく言われているって手紙に書いてたじゃない」

「ヘルカと母さんでは全然違うの！」

恥ずかし紛れに、えいえい、と母のティーカップを指で押す。母は笑って、えいえい、と反対側から押し返してきた。ライラと母は、昔からわりとこんな感じだ。

「……ああ、それでお仕事のことだけれど。イザベラ様からは、結婚式の仕度や個人の時間を割かない程度に計画を立てていると言われているけれど、無理はしていない？」

真剣な様子で問われて、ライラはこっくりと頷《うなず》いた。

「うん、大丈夫。バルトシェク家の別荘での花嫁修業もこの前、『卒業証書』をもらって終わらせることにしたんだ。ユリウス様たちと一緒に屋敷でくつろぐ時間もあるし、スケジュール的には全然問題ないよ」

冬の終わりから約三ヶ月間、ライラは花嫁修業をしてきたのだが、「もう教えられることは教えました」ということで先日、晴れて修業を終えることになった。

女性陣からもらった「卒業証書」は紙ではなくて平べったいケーキで、表面にチョコレートの文字で、かつて学院でもらったような卒業の言葉が書かれていた。ただし最後には「わたくしたちの同志・ライラ・キルッカへ」とあり――もうすぐバルトシェク家の一員になるのだという実感が湧いてきて、胸がいっぱいになった。

ケーキ型卒業証書は皆でおいしく食べたので形には残らないが、彼女らから教わったことはライラの頭の中で知識として残っているし、エステルたちから「またいつでも遊びに来てね！　結婚式も楽しみにしているから！」という嬉《うれ》しい言葉ももらえた。

それを話すと、母は安心したように笑った。

そして立ち上がり、ライラを連れて衣装部屋に向かった。

夜会やホームパーティーなどに参加する際にライラも使っていたこの部屋には今、ライラの衣装はほとんど置いていない。ライラのものは全てユリウスの屋敷に持って行っているので、ここにあるのは母用のドレスだけだ。

……その部屋に、大きなマネキンがあった。女性の首から下の形をしたマネキンが着ているのは、淡い紫色のドレス。

結婚式は初夏なので、全体的に涼しくて風通しのよいデザインにしている。ネックラインはビスチェ型になっており、自分の胸の大きさに自信のないライラは最初このデザインを見て尻込みしてしまった。だがヘルカの提案で胸元に刺繍《ししゅう》を入れて生地を厚めにし、縁に花を模した飾りを入れることで体形が気にならないようにしてくれた。

ウエストは太めのベルトで絞めて、ウエスト周りに光沢のある布地で作った薔薇《ばら》の花を飾る。スカート部分はパニエで自然な膨らみを作り薄手のシルクシフォンを何枚も重ねて、軽やかで愛らしいシルエットを生み出している。スカートの腰に近い部分の色が濃く、足下に近づくにつれて淡くなっていく色合いは、まるで夜明けの空のようだ。

ライラは結い上げられるほど髪が長くないので本番は下ろして、ティアラを飾ることにしている。またすっきりとした喉元にはネックレスをつけることになっているが、ここでユリウスが「僕が作るよ」と提案したので、彼に任せることにしている。

……ただし、ユリウスだけだと今ライラが服の下で身につけているようなとんでもないデザインのものを作りかねないので、ヴェルネリとヘルカが監修してくれている。

既に採寸は終えており、仕立屋からも「結婚式までに体形が変わらないように気を付けてくださ い」と言われている。どちらかというとライラは痩せるよりも太くなる可能性が高いので、ヴェルネリにも協力を仰いで体形維持に努めていた。

衣装部屋の弱い光の下だと、薄紫色のドレスは仕立屋で見た時よりも若干色が沈んで見える。だがマネキンの周りをぐるぐると回ったライラは、ほう、とため息をついた。

「本当に、とっても素敵……」

「間違いなく、私がお父さんと結婚した時のドレスよりも数倍お値段が高いわね」

「いやまあ、そうなんだろうけどね」

ドレスの費用はユリウス――というよりもバルトシェク家が張り切って出してくれたので、実のところライラは具体的な値段を知らない。だが母の言う通り、これ一着だけでもとんでもない値段であることは間違いないだろう。

手袋を嵌《は》めた母もそっとドレスの布地に触れて、目を細めた。

「……不思議な感じね。娘がこんなに素敵なドレスを着てお嫁に行けるなんて、思ってもいなかったわ」

「うん、私も。……私、色々あったしユリウス様との出会いもちょっとアレな感じだけど……でも、これでよかったたって思っている」

幸福の形や幸福に至るまでの経緯は、人それぞれだ。

ライラは自分が歩んできた道、これから歩むことになるだろう道を、全く悔やんでいない。むしろ、これこそがライラの望んだ未来なのだと信じている。

母は振り返り、ライラを見た。ライラも、母を見る。

「……幸せになりなさい。もうあなたは自分で、幸せを摑《つか》むことができるはずだからね」

母に言われて、ライラは微笑《ほほえ》んだ。

「うん。幸せになる。……ありがとう、母さん」

＊＊＊

レンディア王国は、春の終わりから夏の初めに掛けて、短い雨季を迎える。

この時季、長時間にわたり少量の雨がしとしとと降り続ける傾向にある。河川が増水することや川が氾濫することは滅多にないが、道はぬかるむし人の往来も減る。

そういうことでこの頃は商品の売り上げもいまいちになるので、特に商売人や飲食店の経営者たちは早くこの鬱陶しい時季が終わってほしい、と願っている。

その願いから、レンディア王国ではこの時季になると昔から、晴れ乞いの飾りが店先に飾られるようになる。針金を曲げて花びらの形にしたものを特殊な液に浸し、張った膜が乾燥してから束ねることでできる、透明感のある花の飾りだ。

元々は、雨季により依頼の数も減って困窮した職人たちが考えついたものだったが、その見目が可愛《かわい》らしくてインテリアにもなるということで一般人の間にも広まり、今では専用の工房も作られるくらいになった。

様々なデザインのものが年中売られているが、元々職人たちが晴れを願って作ったものに準じた青い薔薇の飾り――「晴れ乞いの薔薇」は、この雨季限定で売り出される。中にはこの時季のために立派な飾りを注文する貴族もいるくらいだが、ライラたちは店の雑貨屋の特設コーナーで並んでいるものを買っている。

薔薇には様々な色があるが、濃い青色は自然界では絶対に生み出されない。だから職人たちは、夏の晴れた空をイメージさせる色でかつ「奇跡」という意味を持つ青い薔薇を作り、願掛けをしたのだという。

その飾りは当然、ユリウスの屋敷にもあった。ユリウスはレンディアの風習や古くからある言い伝え、伝統行事などを結構大切にする方らしくて、ヴェルネリがせっせと青い薔薇をリビングに飾っていた。

ガラス細工のような青い薔薇が並ぶ様は、なかなか美しい。

それらをぼんやりと見ていたライラはふと思いつくことがあり、ユリウスに相談してみた。

「王女殿下に、晴れ乞いの薔薇を？」

「はい。王女殿下は、レンディアの風習に詳しくないと思います。でも実物を贈ることで、レンディアの文化に関心を持ってもらえると思うのです」

ライラはそう説明したが、向かいのソファに座ってライラを見つめるユリウスは、何か言いたそうな顔をしている。

そして彼はニッと笑うと、テーブルに置いていた薔薇を一つ手に取り、手の平の上でころころと転がした。

「……もしかしてライラ、別の意図があるんじゃないかな？」

「な、んのことでしょうか？」

平静を装おうとしたが、失敗した。

しかも、薔薇の配置を考えるべく窓辺にいたヴェルネリが呆《あき》れたような顔で、テーブルのティーセットを片づけていたヘルカが訳知り顔で微笑んできたものだから、ライラはあっさり敗北を認めることにして、もじもじと指先をすり合わせた。

「ええと……本当は、王女殿下に贈り物をしたかっただけです。王女殿下は、もう半月もすればミュレルに帰ってしまいますし……その、何か形として残るものを贈れば、ミュレルに帰ってからも私たちのことを覚えていてくださるかなぁ、と思って……」

「ふふ、そういうことなんだね」

ユリウスは微笑むと手を伸ばして、気まずくて俯《うつむ》いてしまったライラの頭をよしよしと撫《な》でた。

「とても素敵な案だと思うよ。食べ物ならともかく、小さな薔薇の飾りなら中に異物や魔法の類《たぐい》が仕込まれていないことさえ確認できれば、献上品としても好まれる。それに……レンディア文化のくだりを建前にしたら、王太子もあれこれ言えないだろうからね」

そう、大幅に予定を前倒しにしてレンディアに突撃してきた迷惑千万な王太子は、まだ城に居座っている。こうなるともうシャルロットと一緒に帰る気のようで、イザベラ曰《いわ》く国王も「めんどくせー」と思いながらもてなしているそうだ。

幸い、初対面でユリウスに遠回しにけちょんけちょんにされたからか、あれ以降ライラたちが王太子と接触したことはない。だが妹にはとやかく言っているようで、最近のシャルロットはあまり顔色もよくなかった。

実は今日もシャルロット一行を連れて王都の魔道士育成学校を訪問する予定だったが、中止になった。今日は朝から雨が降っていて足下が悪いことに加えて、シャルロットの体調がよくないそうなのだ。

（エリクさんが伝えてくれたことによると、最近胸が苦しくなることが多くて、体も疲れやすいということだけれど……）

医者の見立てでは、風邪などではなくて身体的・精神的な疲労が積み重なったためだろうということだった。

……明らかに原因は王太子だろうがまさかそれを指摘できる者はいないので、ひとまず休養することになったのだ。

「そうですよね。それじゃあ、立派な晴れ乞いの薔薇を作ってもらいましょうか」

「うーん……でも僕はどちらかというと、普通に王都のお店で売っているものの方がいいと思うな」

「そうですか？」

王女に献上する品なのだから、ライラは一流の職人に依頼した方がよいと思った。もちろん費用はライラの小遣いから出す予定だったし、シャルロットが帰国するまでには完成するはずだ。

だがユリウスは微笑み、そっとライラの手を取った。

「僕の勝手な見解になるけれどね。……王女殿下はきっと、『王女殿下への献上品』ではなくて、『シャルロット様へのプレゼント』として渡した方が喜ばれると思うんだ」

「……あ」

――はしゃいだ様子でケーキを作っていたシャルロットの顔と、兄王太子の向かいの席で表情を殺していたシャルロットの顔が、重なる。

ユリウスは頷いて、ぽんぽんとライラの手の甲を優しく叩《たた》いた。

「今日は僕も君もお休みだから、午後から王都へ買い物に行こう。……ライラからシャルロットという女の子にプレゼントするものなんだから、きっと喜んで受け取ってくださるよ」

「……そう、ですよね」

ライラも微笑み、ヘルカ、とトレイを手に立っていた女魔道士を呼ぶ。

「午後から、お出かけするわ。仕度を頼んでもいい？」

「ええ、もちろんです。耐水効果のあるコートとブーツをお出ししますね」

「あ、僕も一緒に行くからよろしくね、ヴェルネリ」

「お任せを。ちょうど、雨季に備えて新しい上着を購入しましたので」

ヘルカとヴェルネリがそれぞれ、従者としての仕事を張り切る姿勢を見せたので、ライラはついくすっと笑ってしまった。

＊＊＊

無事に晴れ乞いの薔薇を購入できたライラはまずそれを、城に送った。

建前はユリウスの言っていた通り「王女殿下への献上品」なので、薔薇に毒針や悪質な魔法が仕込まれていないことをじっくり調べてもらう必要がある。だが当然、店で購入したものをそのまま送ったので翌日には、「問題なし」の検品結果表が届いた。

そうして次の日には、シャルロットの体調が少しよくなったという知らせが入った。魔法の講義は受けられないが、離宮へ訪問することの許可だけは下りた。

「よかった……これで渡せますね」

「うん。王女殿下の体に障ってもいけないから、用事だけ済んだらさくっと帰るようにしよう。僕も一緒に行くけれど講義はしないから、別室で待っているからね」

「分かりました。……それじゃあヘルカ、ヴェルネリ。行ってきます」

「行ってらっしゃいませ」

「夕食を作ってお待ちしております」

短時間の滞在になるので、ヘルカたちには屋敷で留守番をしてもらうことにした。ちょうどヴェルネリは家事をするしヘルカも魔道研究所の持ち帰りの仕事が詰んでいるそうなので、多忙な彼らを振り回すのはよくない。

外は、今日も雨模様だ。

雨対策のコートや帽子、ブーツを着用したライラたちは馬車に乗り、離宮に向かった。

（こうして離宮に行けるのも、あと何回なんだろうな……）

少なくともシャルロットが帰国してしまえば、ライラが城に行く必要はなくなる。その後間もなく結婚式であるし、今のうちに白亜の王城の姿を目に焼き付けておくべきかもしれない。

シャルロットの体調を考慮して、訪問は夕方にした。夏に向けてどんどん日が長くなっているものの、今日は一日中雨模様だったこともあり空の色は暗い。離宮の廊下にも既に、魔石を原料にした明かりが灯《とも》されていた。

「それじゃあ僕は、あっちの部屋で待っているね」

「はい。お渡しできましたら、そちらに行きますね」

ユリウスの待機部屋の前でぎゅっと抱きあって、彼の体調管理。ついでにユリウスがライラの左耳付近にキスを落としてきたので「めっ！」と背中を叩いてから、ライラは迎えに来た離宮のメイドについてシャルロットの部屋に向かった。

シャルロットに青い薔薇の飾りを贈る――ということにはなっているが、今のライラは手ぶらだ。晴れ乞いの薔薇はラッピングされていて、メイドが持っている。既に厳重に包装されたそれをシャルロットに渡すだけ、というのはなんだかおかしな感じもするが、相手は王族なのだから仕方がない。

「……あら？　王女殿下はまだお越しではないのですか？」

いつもシャルロットがユリウスを招いているリビングを覗《のぞ》くが、そこにシャルロットの姿はなかった。エリクもいないので、二人とも別室にいるのだろうか。

ライラが尋ねると、メイドも少し困ったような顔になった。

「いえ、先ほどこちらで、ライラ様のお越しを待たれるという旨を伺いました。……お呼びしてきますので、しばらくお待ちください。贈り物も、こちらに置いておきますね」

「はい、よろしくお願いします」

メイドは持っていた箱をテーブルに置くと、廊下から見張りの騎士を呼んだ。騎士は離宮勤めのレンディア人なので、「どうぞおくつろぎください」とライラにソファを勧めてくれた。

言葉に甘えてライラはソファに腰を下ろし、テーブルの上の箱をじっと観察してみた。

シャルロットが来るまで、ライラはこの箱に触れられない。だが手先が器用なメイドが包装してくれたとのことだからきっと、中には緩衝材も入れられていて繊細な花びらが傷つかないようにしてくれているだろう。

（王女殿下、喜んでくださるかな……）

そんなことを考えながら、ライラは待っていた。

だが時計の長針が十回転しても音沙汰はなく、窓の外がだんだん暗くなっていく。雨が止《や》む気配もないままとうとう四半刻が経過して、ライラはそわそわしながら見張りの騎士に尋ねた。

「あの……王女殿下はまだいらっしゃらないのでしょうか？」

「そうですね……少し、仕度に手間取ってらっしゃるのかもしれません」

まだ若そうな騎士も困り顔で、ドアの方をちらちらと見ている。

（もし体調が優れないなら、そう言ってくだされればいいけれど……ユリウス様もずっとお待たせしてしまっているし、帰宅が遅くなったらヘルカたちも心配するよね……）

さすがに誰かに尋ねようとライラがソファから立ち上がったところで、ドアがノックされた。騎士が開けたそこに立っていたのは、最初にライラを案内してくれたメイドだ。

「お待たせしました、ライラ様。……シャルロット様のご希望で、贈り物を持って寝室に来てほしい、とのことでした」

「えっ、伺っていいのですか？」

いくら同性とはいえ、王女の寝室に伺うのはさすがに躊躇《ためら》われた。

だがメイドの方が、「シャルロット様がご希望です」としっかりと言い、テーブルに置いていた箱を手にとってライラに渡した。

「こちらへどうぞ。ご案内します」

「……よろしくお願いします」

少し不安な気持ちは残るが、シャルロットの方から言ってくるのならば拒否はできない。それに、体調が悪い中なんとかライラが訪問する時間を取ってくれているようなのだから、こちらから出向いた方がシャルロットの体にもいいだろう。

（王女殿下のためにも、さっさと用事を終わらせよう……）

そう思いながら歩き、ライラはシャルロットの寝室の前に案内された。

「失礼します、シャルロット様。ライラ・キルッカ様をお招きしました」

「……どうぞ、入って」

シャルロットの声がする。気のせいか、その声は弱々しくて掠《かす》れているようだ。

（やっぱり体調が優れないいんだ……）

ライラは、箱を抱える手に少しだけ力を入れた。

メイドが鍵束を取り出して、解錠する。魔法仕掛けの錠なのか、解錠した時に鍵穴からふわっと淡い光が漏れたように思われた。

メイドがドアを開けて一礼して、シャルロットの名前を呼ぶ――その直後。

「ぎゃあっ!?」

「えっ……？」

いきなり悲鳴を上げて、目の前にいたメイドががくっと体を揺らす。そしてそのまま横倒し状態に倒れて、動かなくなってしまった。

（……な、何……？）

急な出来事にライラの頭も体もうまく反応できない。

だが、戸惑うライラの腕がぐっと、見えない力によって引っ張られた。

不意打ちを受けたライラの手から贈り物の箱が滑り落ちて――バキッ、という嫌な音を立てて床に落下する。

だがライラが贈り物を注視する間もなくその体は部屋の中に吸い込まれて、ガチャン、と施錠された――直後。

離宮中の明かりという明かりが、一斉に消えた。

＊＊＊

離宮の応接間で本を読みながらライラが帰ってくるのを待っていたユリウスは最初に、ライラの近くで魔法が使われたことに気づいた。

「……今のは？」

「ユリウス様？　どうかなさい――」

離宮勤めのメイドが呼びかけた直後、部屋の照明が消えた。

いきなり周囲が暗闇に包まれたためにメイドが悲鳴を上げたが、ユリウスは少し眉を動かしただけで声は上げず、右手の人差し指を軽く振った。

それだけで、この応接間の明かりは全て点《つ》いた。どれも魔道器具だったので、オイルが切れたわけではなくて……誰かが故意に明かりを消したのだろう。

驚きのためかメイドはへたり込んでいたが、それよりもユリウスはライラのことが気になったので立ち上がると大股で出入り口に向かい、ドアを開けた。

案の定、廊下の明かりも全て落ちている。先ほどと同じように指を振って明かりを灯したが——すぐに、また消えてしまった。

ユリウスの眉間に、皺《しわ》が寄る。これは——おそらく、離宮に設置されている魔道照明に何らかの細工がされているのだろう。

魔力不足などが原因の消灯ならともかく、器具そのものが弄《いじ》られている場合は指振りだけで修理することはできない。

「ユ、ユリウス様……」

背後でメイドが呼ぶ声が聞こえたので、そちらを見ることなくユリウスは廊下の方に身を乗り出した。

「あなたは、魔法が使えますね？　では、ここで待っていてください。ドアを閉めて、自己防衛に努めるのです」

「しかし、ユリウス様は……」

「僕はライラのところへ行きます。おそらく彼女が——」

——じり、という焼け付くような気配が首筋を掠める。

ユリウスはとっさにドアを閉めると、自分の目の前に防護壁を作り出した。

真っ白い光の壁が現れて、廊下の奥から飛んできたものをバシッと弾《はじ》く。床に落下したのは――投擲《とうてき》用のナイフだ。魔力は、込められていない。

厄介な、とユリウスは目つきを鋭くして防護壁の種類を変えた。相手が魔道士ならば負け知らずのユリウスだが、刃物を持ち出されると面倒なことになる。

防護壁で魔法攻撃は弾けるが万が一斬りつけられた場合、騎士のように体を鍛えているわけではないユリウスにとっては致命傷になりかねない。

だが、ここでじっとしているわけにはいかない。

「……そこを、退《ど》いてもらおう」

すぐに消えることを覚悟で、ユリウスは廊下に魔法で明かりを灯す。

そうして廊下の先に立っていた人物を見て、いっそうその眼差《まなざ》しをきつくしたのだった。

＊＊＊

見えない力で引きずり込まれた先のシャルロットの寝室は暗くて、ねっとりとした闇が体にまとわりついてくるようだ。

べちゃり、と床に倒れ込んだライラはすぐに体を起こそうとして、そのままへたってしまった。

体が重い。手足がうまく動かない。

（これは……魔法……？）

まさか、と思うけれど、どうしようもない。

シャルロットの寝室で、ライラに魔法を掛けられる人といったら――

「……ようこそ、キルッカ嬢」

ベッドに座っていた人がそう言って、立ち上がる。

寝間着代わりのネグリジェの上にボレロを羽織っただけ、というあられもない格好のシャルロットは闇の色に沈んだ髪を掻《か》き上げて、冷たい眼差しをライラに注いできた。

「本当に、非魔道士は大変ね。ちょっと身体拘束魔法を使っただけで、これだもの。まださっきのメイドを倒す時の方が苦労したわ」

「……王女でっ――」

言葉は、途中で出なくなった。かろうじて呼吸はできるが、声帯が振動しなくなっているようだ。

ライラの声を封じたシャルロットはこちらに歩み寄ると、ライラの前でしゃがんだ。

「……どうしてこんなことをするの、って目が語っているわね」

王女は小首を傾《かし》げると、ふふ、と可愛らしく笑った。

「あなたは本当に純粋で、他人を疑うことが苦手な人のようね。……でもね、王宮ではそんな生半可な覚悟ではやっていけないの。いつ、命を狙われるか。いつ、足を掬《すく》われるか。いつ……味方

だった人が手の平を返すかに、ずっと怯《おび》えていないといけないのよ」

（……何を、おっしゃっているの？）

声が出ないので、ライラはせわしなく呼吸しながらシャルロットを見つめていた。

どうしてこんなこと、どうしてこんな話を。

どうして……こんな悲しそうな目で、ライラを見ているのか。

ライラの声を封じたためにその意図を読み取ることができないシャルロットは微笑んで立ち上がり、ライラに背を向けた。ネグリジェの裾が霧のように、ふわりと揺れる。

「わたくしはね、陛下――ミュレル王に言われていたの。今回の遊学で、レンディア王子の妃《きさき》の座を確定させてこい、ってね」

「……！」

「ミュレルは、オルーヴァの脅威にさらされている。だから陛下は娘であるわたくしを駒にして、レンディアの庇護《ひご》を得ようとしているの。お兄様は、わたくしがなかなか行動を起こさないから、業を煮やして突撃してきたのだけれど……どうしてわたくしがレンディア王子に接近せずに離宮に籠もってばかりなのか、分かる？」

（分からない）

それが、ライラの正直な反応だ。

可能性は考えられなくもないが、普段のシャルロットの様子からしてそれはあり得ない。

……あり得ないと、思っていたのだが。

「わたくしはね、ほしいものが見つかったの。レンディア王子なんて、興味ない。陛下の命令も、どうでもいい。……わたくしだけを愛してくれる優秀な魔道士がいれば、それでいい」

シャルロットは、振り返らない。

だから、彼女がどんな顔でその言葉を言っているのか、ライラには分からない。

「あなたが邪魔なのよ、ライラ・キルッカ」

「……」

「あなたが死ねば……きっと彼は、わたくしを見てくれる。陛下やお兄様の支配下から、わたくしを連れ出してくれる。……その可能性を持つ人を、わたくしはこの国で見つけたの。ずっとずっと、そういう人を探していたの」

――だがその人には既に、婚約者がいた。

シャルロットが、振り返った。

その青色の目には何の感情も浮かんでいなくて、彼女に右手の人差し指を向けられても、ライラは何もできなかった。

「わたくしは、ユリウス様が好きになったの。……あの方がいないミュレルになんて戻りたくないし、あの方がわたくし以外の女のものになるのも……見たくない！」

「……っ、……！」

「あなた個人に恨みはないけれど、あなたという存在は邪魔なの。……だから、ライラ」

さようなら。

シャルロットの指先から、光が溢《あふ》れる。やがてそれはバチバチと音を立てながら形を変えて、光り輝く細い槍《やり》になった。

俯《うつぶ》せに倒れるライラめがけて、光の槍が闇を貫いて飛び——

離宮に、悲鳴が轟《とどろ》いた。

＊＊＊

パンッ、という音を立てて、最後の投擲ナイフが床に落ちる。

それをぐりっと踏みしめたユリウスは、それまで自分の体の前に張っていた防護壁を解除した。

「……もう武器はないようだね」

「……」

「降参を。……といっても、最初から敗北は分かっていたんじゃないかな？」

ユリウスが静かに言うと、相手の男はチッと舌打ちをした。だがユリウスが右手の平で何かを摑むような仕草をしたことで男はうめき、その場に頽《くずお》れた。

黒い髪に、黒いお仕着せ。いつもシャルロットの側《そば》に控えていた彼の名は——エリク。

彼は魔道士らしいが、その魔力量は非常に少ない。ユリウスが拘束魔法を使うと彼はあっさり四肢を固定されて、ごろんと床に転がされた。

「ユリウス様！……そ、そこにいるのは確か、ミュレルの――」

明かりが落ちていたためか到着の遅れた騎士たちが、エリクを見て動揺している。この後のことは、彼らに任せた方がよさそうだ。

ユリウスは頷いてエリクの脇を通り過ぎ、騎士たちに命じた。

「離宮のほとんどの魔道照明が、改造されている。まずは使用人たちの安全確保を。おそらくこれ以上の共犯者はいないだろうけれど、念のために警備を――」

そこでユリウスは、動きを止めた。彼の話を聞いていた騎士たちは若き大魔道士がいきなり活動を停止したからか、おっかなびっくりしつつ尋ねてくる。

「……どうかなさいましたか？」

「……今、悲鳴が」

ユリウスは天井を見上げて呟《つぶや》くと、たんっと床を蹴った。するとその体が軽々と宙に浮き、とんっとんっと床を蹴りながらユリウスは離宮の廊下を疾走していった。

最低限の指示は出したから、後は騎士たちがうまく処理してくれるだろう。

問題は――ライラの方だ。

「きっと今、ライラは――」

階段の吹き抜けを一気に跳び上がって上階に行き、ユリウスは呟いた。

＊＊＊

ライラは、呆然《ぼうぜん》としていた。

シャルロットが放った光の槍が目前に迫った時にはさすがに、頭の中が真っ白になった。

だが——ライラが死を覚悟したりユリウスのことを思ったりするよりも前に、変化が起きたのだ。

ライラの胸元が強く光り、ガラスが砕けたかのような音が響く。そして光の槍が霧散したかと思うとその光が逆流して、シャルロットに襲いかかったのだ。

胸元に衝撃を受けたシャルロットが悲鳴を上げて、その場に倒れる。それと同時にライラの体を拘束していた魔法も解けて、声も出るようになった。

「お、王女殿下……」

「い、今……げほっ……」

光を胸に受けたからか、シャルロットは俯せ状態のまま悶《もだ》えている。それを見ていると——ついさっき、この女性に殺されそうになったことなんて吹っ飛んでいき、立ち上がったライラは急ぎシャルロットを助け起こした。

彼女は胸を押さえているが、傷らしい傷はない。吐血もないし、ネグリジェの胸元の布地が少しよれているくらいで、肌にまでは届いてなさそうだ。

（これは……ユリウス様のペンダントの効果？）

ひとまずシャルロットに楽な姿勢をさせようと仰向《あおむ》けにしてやってから、ライラは自分の服の合わせに手を突っ込んで、そこから派手派手しいペンダントを引っ張り出した。

以前ユリウスが「お守り」として贈ってくれた、奇抜なデザインのペンダント。そのペンダントトップである黄色の魔石が、かつてないほど元気よく輝いている。

（この魔石が……王女殿下の魔法を吸収して、弾いた――？）

ごくっとライラが唾を呑《の》んだ直後、ドアの向こうでカリカリ、ドンドンという音がして――ドアが、外側から派手に吹っ飛んだ。確かこのドアは、外開きだったはずだが。

「ライラ、無事!?」

部屋に飛びこんできたのは、髪を少しだけ乱したユリウス。その姿を見ただけでどっと安心感が湧いてきて、ライラは力なく微笑んだ。

「はい。なんとか……」

「……ライラ、念のために王女殿下から離れて」

「……はい」

ユリウスに優しく命じられて、ライラはシャルロットを寝かせたまま立ち上がり、ユリウスの隣に向かった。すぐに彼はライラの体にぺたぺたと触れてくるくるとその場で体を回転させると、ほう、と大きなため息をついた。

「よかった……外傷はなさそうだね」

「はい。ペンダントが守ってくれたので」

服の外に出したままのペンダントを指差して言った後、ライラはユリウスの上着の裾を摑んだ。

「あの、ユリウス様。どうか、王女殿下のことは……」

「ううっ……」

シャルロットが、うめいている。外傷はないとはいえ、反射した自分の魔法を胸に受けた上、元々彼女は体を弱らせていたからか、苦しんでいるようだ。

ユリウスは頷くとライラの肩を抱き、部屋を出た。

「僕も色々気になっていることがある。王女殿下にも尋ねなければならないことがあるし……今すぐに彼女の処分を決めることはできない」

「……」

「でも、大体のことは予想が付いている。……レンディアに直接は関係ないだろうけれど、看過できない問題を……解決しなければならない」

＊＊＊

その後速やかに、離宮の事件についての調べが入った。だがわざわざ調査団を派遣する必要さえないほどの規模のもので、その場に居合わせたレンディア人で最も立場が強いユリウスが現場責任者になり、この事件の主犯――シャルロットの聞き取りを行うことになった。

なお、シャルロットの命令に従って行動していたエリクも捕まり、今は別室で軟禁状態となっている。だが彼はこちらの質問に対しては何も答えず、沈黙を貫いていた。

……狭い部屋には今、ユリウスとライラ、そしてシャルロットの姿があった。

シャルロットは着替えこそしているが簡素な普段着姿で、しかも手と足にはユリウスの拘束魔法が掛けられている。これは本人も受け入れたことなので、ユリウスが魔法を解かない限り解除されることはない。

最初は胸の痛みがあったシャルロットだが、半刻もすれば立って歩けるようになった。そして彼女自身も望んだため、こうして少人数による調査の場が設けられることになったのだった。

「……まず確認しますが。シャルロット様はライラを部屋に連れ込み、拘束魔法を掛けた。そしてその身を害しようと、攻撃魔法をぶつけた――この点に関して異論はありますか？」

「ありません。おっしゃる通りです」

ユリウスの問いに、シャルロットが大人しく答える。

……そう、先ほどライラはシャルロットに攻撃された。ユリウスのペンダントがなければ即死とはいかずとも、重傷は負っていたことだろう。

ライラが身につけていたユリウス自作のペンダントが攻撃魔法に反応して、魔法反射を行った。

ただしこの魔法は、敵が放った魔法をそのままお返しするものではない。

ユリウスも最初はそういう機能を付けようと思ったそうだが、花婿修業で相談した時に止められたそうだ。

ただの反射魔法だと、ライラが本来受けるべきだった攻撃を相手がそのまま受けることになり、いくら相手が敵とはいえ無惨な姿になった人間を見て、ライラが心を病むかもしれない。それを避けようと思ったユリウスは自分の知識を駆使して、特殊な反射魔法を生み出した。

それは、受けた魔法そのものではなくて術者の悪意をはね返す魔法。

ライラを本気で殺害しようとした者ならその悪意をはね返されて、一生苦しみ続ける。

だが——もし相手が誰かに脅されており、泣く泣くライラを攻撃した場合だったら？

もし相手が、本当はライラを傷つけたくないと思っていたのなら？

ペンダントはシャルロットに、彼女がライラに対して抱いていた悪意をお返しした。その結果、シャルロットは胸を押さえて苦しんだが外傷もなく、半刻後には立ち上がれるようになった。

つまり、彼女は本気でライラを傷つけるつもりはなかった。もしくは——誰かに脅されて、そうするしかない状況だったのだ。

シャルロットはひどく感情に薄い顔でテーブルの上を見つめていたが、次なるユリウスの言葉を耳にして少し、顔に動揺が走った。

「……そうですか。しかしどうにも、事情がおありの様子。私たちの方で、もう少しお伺いできれば……」

「いえ、どのような理由であれ、か弱いキルッカ嬢を襲ったことに違いはありません。処罰なら、甘んじてお受けします」

「……妙ですね。私にはどうにも、あなたが処罰を待ち望んでいるように見えるのですが？」

ユリウスの指摘を受けて、シャルロットは明らかに目を泳がせた。あまりマイナス方面の感情を見せない王女だと思っていたが、今は精神的に消耗しており、感情が顔に表れやすくなっているのかもしれない。

（王女殿下……）

ごくっと唾を呑んで、ライラは小さく右手を挙げて発言の許可を取った。

「シャルロット様は私に魔法を放つ直前に、お話しなさったことがありますよね。それをユリウス様に報告してもいいですか？」

「どうぞ」

即答だ。むしろ、安堵《あんど》したような響きさえ感じられる。

（……ひょっとして王女殿下は……）

ライラはユリウスを横目で見て、彼が頷いたのを確認してから再び口を開いた。

「先ほどおっしゃったことを要約すると、シャルロット様はユリウス様に想《おも》いを寄せていて、私のことが邪魔になったとのことでしたね。私に恨みはないけれど、私という存在は邪魔だと」

「……ええ」

「それ、嘘《うそ》ですよね?」

シャルロットの瞳の揺らぎが、ライラの質問に肯定を示しているようだった。

シャルロットはユリウスに恋をしていない。

ユリウスの婚約者、という立場がほしくてライラを襲ったのではない。

そんな感じはしていたのだがシャルロットの反応からして、やはりあの発言は嘘だったようだ。

ライラの説明を聞いている間、眉一つ動かさなかったユリウスがゆっくり首を傾げる。

「……そんなことをおっしゃっていたのですね。でもまあ、嘘でしょう」

「そ、そんなこと……」

「私は世間知らずで鈍い自覚はありますが、自分に向けられる大体の感情は分かります。……少なくともあなたからは、そういう視線を感じなかった。……今この瞬間でさえ、あなたは私にこれといった感情を向けていないようですからね」

そこまで言われたからか、シャルロットはばつが悪そうに視線を逸《そ》らした。

だがユリウスはなおも、穏やかな口調で言葉を続ける。

「シャルロット様。事情をお話しください」

「……」

「あなたにも、守りたいものがおありなのでしょう。……あなたが罰を受けたことで、本当にその守りたいものを守ることができるのですか？　あなたが罰を受けて、悲しむ人がいるのではないですか？」

シャルロットの目が、見開かれた。

青色の目に驚き、戸惑い、そして……微《かす》かに、誰かのことを想っているかのような甘いような影が見えて——とうとう彼女は俯き、ごし、と目元を拳で拭った。おおよそ王女らしくない、路頭に迷った子どものような仕草だ。

そうして彼女は、ぽつぽつと話し始めた。

それは——故郷であるミュレル王国についての、知られざる事実だった。

＊＊＊

ミュレル王国は国土面積こそ狭くて強力な軍隊も持たないが、華やかな文化が栄えており、魔道士たちが大勢活躍している。まるで、レンディア王国のミニチュアのようだ……そのように呼ばれることもある。

だがそれは、偽りの姿だ。

ミュレルの正体は、ひどい身分差別で国民たちを縛り付ける国。魔道士絶対主義が浸透しており、魔力を持って生まれれば平民でも貴族の養子になれる一方で、魔力を持たなければ貴族の子であろうと追放――最悪の場合、　族の恥ということで幼いうちに殺されてしまう。それがまかり通ってしまっている国なのだ。

シャルロットの末の弟王子は現在十歳だが、出生後間もなく低魔力の判定が出た。これに激怒した王はまず、王子を産んだ王妃を責め立てた。「おまえのせいだ」「なぜあんな王子を産んだ」と詰《なじ》られ、か弱い王妃は間もなく病死した。第一王女・シャルロットが七歳の冬のことだった。

ミュレル王国は昔から、都合の悪いことを隠蔽する力に長《た》けていた。

魔力差別がばれると、強大な力を持つレンディア王国から見放される。非魔道士たちが王都の隅でスラムのような場所を作っていることがばれると都合が悪いから、視覚妨害魔法で見えないようにする。

そのようにして、「こぢんまりとしているが美しい国」という印象を守ってきた。

――国王は、王妃の死をも隠蔽した。

すっかり国の気質に染まっていた兄や、幼いため王妃から引き離されて育てられていた弟妹たちもまた、「あんなお母様だったなんて、恥ずかしい」「あんな弟、見たくもない」と王妃や末の王子を嫌悪するようになった。

そうならなかったのは、シャルロットだけだった。

シャルロットは母の死を隠されたことから、この国の形に疑問を抱くようになった。同じ母から生まれた子なのに末の弟が病気のために離宮に閉じこめられているのも、おかしいと思うようになった。非魔道士があんなにも粗末に扱われて本当にいいのだろうか、と思うようになった。

ある日シャルロットはこっそり、スラム街に出かけた。そこで見たのは、同じミュレルの民でありながら非魔道士だからといって、貧しい生活を送らざるを得ない人々の姿。

「こんな国の王女でありたくない」と、シャルロットは思うようになった。でも、どうにもならなかった。

シャルロット一人ごときでは、何もできない。下手に行動すれば父や兄たちに目を付けられて――きっと、弟と同じように捕らえられてしまう。そうなるともう、自由な行動も取れない。

シャルロットは、ずっと悩んできた。

どうすれば、こんな汚らしい祖国を変えられるのか。

どうすれば、あのスラム街の子どもたちが救われるのか。

エリク以外の味方がいない状況で、シャルロットは考えてきた。でも、いい案は思い浮かばなくて――とうとうシャルロットは、捨て身の作戦を立てた。

今度、シャルロットは「レンディア王子を籠絡しろ」という国王の命令を受けて、レンディア王国に渡る。そこでとんでもない罪を犯してレンディア王の怒りを買い――自国への強制調査を行わせるのだ。

ミュレルはオルーヴァに怯えており、レンディアの庇護を求めている。そのことはレンディアだってよく分かっているだろうし、レンディア王がそんな胡散臭《うさんくさ》いミュレルの王女を息子の妃にするわけがないだろうということも分かっている。

シャルロットが罪を犯せばレンディア王は、ミュレルを調べさせる。たかが小国のミュレル王国にそれを突っぱねる力はなく——祖国の闇が、暴かれることになる。

レンディア王国は、魔力差別を嫌う。陰で差を付ける者はいても、堂々と差別をしたりすれば罰則を受けるし……それが同盟国であれば即刻、手を切るだろう。

ミュレル王家は崩壊するがきっとレンディア王は、罪のない国民は守ってくれる。もしかすると、ミュレルがレンディアに併呑《へいどん》されるかもしれないが……それでいい。

そうしてシャルロットはエリクを相棒に、野望を達成するべく国を渡った。


「……そうしてあなた、キルッカ嬢に会ったの」

シャルロットに見つめられて、ライラは身じろぎした。

「……シャルロット様はご自分の目的のために、私を襲撃なさったのですか……？」

「ええ。レンディアの国王陛下は、魔力差別を嫌う。……そんな中、魔道士であり王族であるわたくしがたかが恋の嫉妬ごときで、非魔道士の平民であるあなたを襲う。……手っ取り早くてなおかつ、確実に陛下の怒りに触れる道を採ったのよ」

（……そういう、ことだったのね）

ライラは、俯いた。

きっとこの一ヶ月半、シャルロットは「どうすればレンディア王を怒らせられるか」について考えてきたのだろう。その結果――非魔道士でかつ平民であるライラに目を付けた。

（あ、それじゃあ……）

「シャルロット様が、私を付添人《コンパニオン》に指名なさったのも……？」

「ええ。……最初はレンディアの王子殿下も候補に入れていたけれど、さすがに襲撃が難しい。ユリウス様にも勝てる自信がなかったから……あなたにした。ただ、それだけよ」

シャルロットは寂しそうに笑うと、組んだ手の甲の上でがり、と爪を立てた。

「……でも、だめね。無力に倒れるあなたを見ていると、怖くて、自分が情けなくて、逃げ出したい気持ちになるし、その迷いをユリウス様の魔道器具にも見破られるし。それに……わたくしも、お父様やお兄様と何ら変わりがないのよね」

「……なぜですか？」

「気づいていたでしょう？……わたくし、口では立派なことを言いながらも結局、あなたたち非魔道士を差別していたのよ。非力でかわいそうな、哀れむべき存在……わたくしはそんな非魔道士たちを守ってあげるんだって、息巻いているんだから。同じよ」

……そう。それは少し前からライラも気になっていたことだった。

シャルロットとしては気を遣っているのかもしれないが、彼女はライラが魔法の話に入ってこられないようにしていた。「かわいそうだから」「ライラでは話についてこられないだろうから」と……自分たちとライラの間に、壁を作っていた。

確かにライラもその壁に気づき、もやっとしたことがある。だが――

「……私は、そうは思いません」

「……」

「あなたがミュレル王や王太子殿下と同じだったら、私を攻撃することを躊躇わなかったはず。私と一緒にお菓子作りをすることも、私の下手くそな戦略を聞くことも、なさらなかったはず」

シャルロットは、ずっとずっと周りに抗《あらが》ってきた。そして、このままではいけない、変わらなければならないと思ってきた。

彼女の全ては、祖国のために。

何を犠牲にしても救いたい……国民たちの存在があるから、シャルロットは変わったのだ。

ライラはそっと手を伸ばして、シャルロットの手に触れた。苛立《いらだ》ちや焦燥感のためか先ほどから手の甲を引っ掻いており、柔らかな肌が割けて血が滲《にじ》んでいるそこを、優しく包み込む。

ライラの手では、シャルロットの肌の傷を癒すことはできない。

でも、せめて、この孤独な王女の心に触れられるなら。

「私、シャルロット様ともっと仲よくなりたいって思ったんです」

「……っ！」

「笑顔を見たい、レンディアのことを好きになってほしい、国に帰っても私たちのことを忘れないでほしい……そう思ってきました。その気持ちは今も変わりません」

「ふざけないで……わたくしは、どんな理由があったとしてもあなたを襲ったというのに……！」

「……確かにそれは、許されることではないし、私もあなたを許すことはできません」

それまで黙ってやり取りを見つめていたユリウスが言い、女性二人の視線を受けた彼はどこか含みのある笑みを浮かべた。

「今のお話を聞いて、僕も色々考えてみました。……申し訳ないですけれど、シャルロット王女殿下。あなたの計画は、今ここで僕が却下します」

「……」

「かといって、あなたを罰させるとライラが嫌がりそうですし……ということで」

ユリウスは頬杖《ほおづえ》をつき、微笑んだ。

「ここは、物事を丸く収めるために——それから今後の憂いをなくすために、動きませんか？　僕の方から一つ、提案がありますので」

間章◆光をこの手に

シャルロットはずっと、自分はひとりぼっちだと思っていた。

敬愛していた母を亡くし、それをきっかけに父や兄、弟妹たちのことも信じられなくなった。

なぜ、低魔力だからと可愛《かわい》い末の弟を皆でいじめるのか。どうして、家族だと認めてあげないのか。

そんな気持ちは子どもの頃からあったが、表に出してはならないと子どもながらに理解していた。

父に逆らうと、母のようになる。弟のように扱われる。

母は弟を産んだ後から体調を崩していた……ということになっているが、それは嘘《うそ》だ。本当は低魔力の弟を産んだために父たちから疎まれて、精神的に衰弱していったのだ。

シャルロットは、真実が知りたかった。だから警護の目をかいくぐって城下町に行き——スラム街を発見した時には、卒倒するかと思った。

シャルロットたちがきれいな服を着ておいしいお菓子を食べている頃、同じ年頃の子どもたちは腹を空《す》かせて、泥のようなパンを食べている。大人たちも背中を丸めて、必死に金を稼いでいる。

そんな彼らのことを、シャルロットは知らなかった。

なぜなら彼らは非魔道士で、虐げられても仕方のない身分の者だとされていたからだ。

……それは違う、と思ったシャルロットは、自分にできることをしながら国民たちを救いたいと思った。でも味方が一人もいないのは不自由すぎるので、絶対に自分を裏切らない部下を欲した。

シャルロットは、下級貴族の少年・エリクとの出会いを果たした。

彼は男爵家の長男だが生まれつき低魔力で、両親からは「わが家の恥」と虐待され、弟妹たちからも「役立たずのお兄様」と貶《けな》されていた。

シャルロットは冷遇される少年の話を聞いて、その子を連れてくるよう男爵に命じた。

後日連れてこられたエリクは、小柄で痩せっぽっちの、無気力な少年だった。自分よりいくらか年上のはずなのに、その背丈はシャルロットより低い。

不出来な息子で、お見せするのも恥ずかしくて、と謙遜なのか罵倒なのか分からない言葉を吐く男爵ではなくてエリクをじっと見て、シャルロットは言った。

「決めたわ。こいつを、わたくしの召し使いにするわ」と。

ミュレルでは、低魔力者に人権はないようなものだ。模範的で従順な王女であるシャルロットのおねだりはあっさり通り、エリクをシャルロットの召し使いという名目で、居城に住まわせた。

シャルロットは、無気力ながらに意志が強くて賢そうな眼差《まなざ》しを向けてくるエリクに、可能性を見出《みいだ》した。低魔力ゆえ虐げられていた彼なら、シャルロットの願いに賛同してくれるはずだと、信じて。

シャルロットは彼を、自分の召し使い——もとい、絶対に裏切らない頼れる部下にするべく、説得を始めた。最初は警戒心丸出しだったエリクだが、根気強く説き伏せるうちに態度を軟化させて、シャルロットのために働いてくれるようになった。

エリクは魔道士にはなれないくらい魔力が低かったが賢くて真面目な少年で、教えた知識をぐんぐん吸収して自分のものにし、体を鍛えてしっかり食事を摂《と》ることで背も伸び健康的な体格を持つようになった。

やがて彼は召し使いの座を返上するまで成長し、シャルロットの陰にひっそりと随行しながら敏腕に行動する優秀な従者になった。

……いつからだろうか。

シャルロットが忠実で優しいこの従者に、淡い想《おも》いを抱くようになったのは。

「シャルロット様」ではなくて、呼び捨てにしてほしい。もっと近くに来てほしい。……主従関係ではなくて、対等な立場で彼と一緒に未来を歩みたい。

でも、それは叶《かな》わない夢。シャルロットは魔道士であり王女で、エリクは下級貴族でありシャルロットの従者だ。それに、シャルロットにはなすべきことがある。

だから、生まれて初めて抱いたこの淡い想いを決して口に出すことはなく、ただひたすら国のことを考えてきた。皆の前ではエリクをぞんざいに扱い、二人きりの時には泣き言を言って慰めてもらう。

この国でシャルロットが信頼できるのは、エリクだけ。エリクとシャルロットはそれぞれひとりぼっちだが、一緒にいればふたりぼっちで頑張れる。

……でも、隠蔽だけには才能のある父や兄たちの目をかいくぐって国民を救う手段は、とうとう思いつかなかった。やるならば……シャルロットもろとも、王家が崩壊する方法を採るしかない。

エリクは、最後まで反対してきた。彼に、可愛がっている末の弟の名前を出された時にはさすがに迷ってしまったが、きっと大丈夫だ。弟はきっと、皆から受け入れられる。

そうして、レンディア王国に庇護《ひご》を求める作戦を立てた。シャルロットの身分や——場合によっては命と引き替えにしてでも、国民を助けてもらう。それしか思いつかなかった。

だから、シャルロットは決めた。

レンディア王国で出会った、茶色の髪の女性——非魔道士でありながら魔道士の婚約者になったという、ライラ・キルッカ。

彼女に、犠牲になってもらうことに。

＊＊＊

「大丈夫ですよ、王女殿下。さあ、参りましょう」

ライラがそう言って、シャルロットの背中を支えてくれる。

シャルロットは彼女の腕に縋《すが》りながら、ぼんやりとその横顔を見上げていた。

昨夜、シャルロットはライラを襲った。これまで優しくしてくれたライラを襲うことに躊躇《ためら》いは生じたけれど、こうするしかないのだと心を鬼にして。

それなのにライラが持っていた魔道器具――後で見せてもらったが、なかなかへんてこなデザインだった――によってシャルロットは悪意のしっぺ返しを食らってしまった。陽動作戦を取っていたエリクもあっさり捕まり、計画は水の泡になる――かと思った。

それなのにライラは「仕方のないことだったのでしょう」と言うし、ユリウスに至ってはシャルロットへの警戒の色を薄めることはしないものの、ミュレルの闇を暴くために知恵を貸してくれた。

想定していたものとは少しやり方は違うが、これからシャルロットはミュレルを救うために、戦う。

思わずぎゅっと腕を摑《つか》むと、ライラが心配そうにこちらを見てきた。

「あの、やはりお体が辛《つら》いですか？」

「あなたは……」

「は、はい」

返事の声が緊張している。これまでは堂々と王城を歩いていたというのに、変な女性だ。

「……わたくしのことが、憎くないの？」

シャルロットとしては、かなり思いきった質問だ。ここでライラに「はい」と言われようと「いいえ」と言われようと、シャルロットの罪悪感が消えることはないと分かっているのだ。

ライラは足を止めると頬に手を添えて、うーん、と唸《うな》った。

「そうですね……はいかいいえで答えるべきなら、はいですね。憎くはないです」

「……」

「あなたのことを嫌いだとも思いません。……それにまずは、私たちが協力しないといけませんし。

さ、参りましょう」

そう言ってライラは、手を差し伸べてきた。

……恨みや憎しみが全く感じられない、優しい手の平。

その温《ぬく》もりを感じているだけで、無性に泣きたくなってくる。

この温もりが、支えてくれる人がいるから、シャルロットは頑張れる。

もう、自分はひとりぼっちで泣いていたお姫様ではないのだから。

7章 ◆ レンディアの裁き

ミュレル王太子・トリスタンは苛立《いらだ》っていた。彼の苛立ちの原因は現在のところ、二種類ある。

まず一つは、妹であるシャルロットのこと。

父王から「今後レンディアの庇護《ひご》を受けられるよう、レンディア王子の妃《きさき》の座を確立させてこい」と送り出された妹だが、なかなか王子と接点を持とうとしないという連絡が入った。そういうことでトリスタンは予定を大幅に前倒しにして妹の様子を見に来たのだが、どうにも妹の調子がよくなさそうだ。

従者曰《いわ》く精神面での疲労が激しいとのことで、帰国まであと半月足らずの今になっても妹は離宮に籠もっている。これでは父の命令を達成できず――下手すれば、トリスタンまで叱責を受けることになってしまうではないか。

もう一つは、現在の状況。どうやらならず者が妹の滞在する離宮を襲撃したようで、「念のためにトリスタン殿下も」ということで彼も自室に軟禁状態になったのだ。

まったく、レンディア王国はぬるい。平民や非魔道士を平気で城の官僚などに採用するし、城の正門前の跳ね橋も下がったまま。魔道士たちも普通に非魔道士と立ち話をしているような情けない国がなぜ、世界でも指折りの強国でいられるのだろうか。

レンディアの手ぬるさにはほとほと呆《あき》れるが、そうも言っていられない。レンディアに頼らなければ、オルーヴァ王国から侵略戦争を吹っ掛けられた際にミュレルが勝利できる可能性は低い。もし辛勝しても、「王族が責任を取れ」と反乱を起こされてはたまらない。

だからミュレルの平民や非魔道士は、無知で無能でなければならないのだ。

他国のことを何も知らない、自分一人では何もできない。そんな状態を作るからこそ、ミュレルはこれまで反乱を起こさせることなくやっていけた。後は、妹をダシにしてレンディアから支援を受けられれば十分だ。

「失礼します、トリスタン殿下」

ドアがノックされて、レンディア人のメイドが入室してきた。彼女は――非魔道士だ。

ここがもしミュレルの王城だったなら、苛立ちもあってこのメイドを魔法で叩《たた》きのめしていたことだろう。だが、ミュレルではそれが許されても、レンディアでは許されない。本当に、窮屈で馬鹿馬鹿しい国だ。

「……何だ。私は忙しい。くだらない用事ならば許さないぞ」

「国王陛下が殿下をお呼びです。離宮襲撃の件について、殿下にご報告なさる旨がおありとのことです」

トリスタンは片眉を上げて、チッと舌打ちした。レンディア王からの呼び出し、しかも妹に関わることなら、出向かなければならない。

シャルロットはきょうだいの中でもとりわけ美しくて、魔道士としての才能も高く――非常に便利な、王家の駒だ。間違ってもならず者の手によって命を落とさせるわけにはいかないし、その件について兄としてトリスタンが追及する権利はある。

そうしてトリスタンは護衛を連れて、国王の待つ謁見の間に向かった――のだが。

広々とした謁見の間にいたのは、国王や宰相たちだけではなかった。トリスタンにとって非常に腹立たしい――枯れ草のような色の髪の若い男の姿も、そこにあった。

妹の姿は、ない。まだ離宮で伏せっているのだろうか。

「よくぞいらっしゃった、トリスタン殿下。多忙のところ、申し訳ない」

壇上の玉座に座ってそう言うのは、五十代前半くらいの年の男。豪奢《ごうしゃ》な深紅のマントを羽織り、王国でも最高級の魔石を抱く錫杖《しゃくじょう》を手にしている。威厳に満ちており、重々しくかつ優美な雰囲気さえ感じられるこの男こそ、レンディア王国の現国王だ。

トリスタンは王の前に進み出ると膝を折り、ミュレル風のお辞儀をした。

「いえ、陛下のお呼びとあらば。昨晩は、不届き者が離宮に侵入したということで、心労お察しいたします」

「そうだな」

あまりにもあっさりしすぎた返事に、ついトリスタンはきょとんとしてしまった。普通ならもう少し、トリスタンに対して労《ねぎら》う言葉を贈るものなのではないか。

だが王がすぐに本題に入ったため、トリスタンは慌てて話題についていかざるを得なくなった。

「昨夜の襲撃事件について、その場に居合わせたユリウス・バルトシェクに調査をさせた。その結果、離宮に侵入した輩《やから》は、シャルロット王女殿下の命を狙っていたようだと判明した」

やはりそうだったか、とトリスタンは顔を伏せた状態で歯がみした。

レンディアは、ろくでもない。あそこまで平民や非魔道士の出入りを自由にしているから、妹が襲われるのだ。

だが、これは好機でもある。「レンディア王国を信じて妹を遊学に行かせたのに、かえって危険にさらすとはどういうことか」と責め、責任を取らせることができるのではないか。

ここから先は、己の交渉術次第だ――とほくそ笑むトリスタンだが、だんだん話の雲行きが怪しくなっていることに気づいた。

「尋問の結果、その襲撃者はミュレルの者で、ミュレル王族の横暴な振る舞いに我慢できず、レンディアに滞在中のシャルロット王女を襲撃し、あわよくばレンディアの警備手薄のせいにできれば……と企《たくら》んでいたそうだ。王女殿下は転倒した際に少々足を捻挫した程度で、それもすぐに完治するそうだがな。……それで、だ」

「は、はい……」

「ミュレル関係者が主犯とはいえ、我が国でミュレル王族が襲撃されたというのは紛れもなき事実。

我々は事の真相を明らかにする義務があり……ついては、ミュレル王国に調査団を派遣し、共に原因解明に乗り出そうと考えている」

馬鹿な、と声が漏れそうになった。

事件について調査して、今後同じようなことが起こらないようにする、というのはまっとうな考えだ。しかも襲撃者はミュレル王家に不満があるようだから、レンディア王として同盟国に調査を依頼するというのも間違っていない。

だが……それは、トリスタンたちにとっては非常に都合が悪い。

今回のように早急に問題解決に取り組まなければならない場合、いちいちミュレル王に調査団を派遣する許可を取り、その返事を受け取り、調査団を派遣し——というのは時間の無駄だ。よって、レンディア王国調査団は国王の書簡を手にした上で、調査団の代表である王族を伴ってミュレルに切り込むことができてしまう。

離宮襲撃の件は、まだ祖国に伝えていない。つまり……今すぐに調査団がミュレルに来たならば、父王たちも、諸々《もろもろ》の隠蔽をする時間がないのだ。しかも優秀なレンディアの魔道士たちの手に掛かれば、スラム街などに掛けている視覚妨害魔法が解除されかねない。

それは、まずい。そうさせるわけにはいかない。

「恐れながら国王陛下。私としては、妹を無事に祖国に連れて帰ることができればそれだけで僥倖《ぎょうこう》でございます。レンディア王国の手を煩わせるほどのことではございません」

「だがこのままでは、同じような事件が発生するかもしれぬ。オルーヴァに対する結束力を高めなければならぬ今、同盟国内で瓦解が起こるようなことは事前に防がなければならん」

レンディア王はあくまでもゆっくりとした口調で正論を言うが、それがまたトリスタンの焦りを増幅させる。

いざとなれば、「可愛《かわい》い妹のため」ということで方便を噛《か》ます予定だったというのに……今はその妹が襲われたせいで、足を掬《すく》われようとしている。

「そ、その、お申し出は非常にありがたく存じます。まずはミュレル王の許可を取り――」

「それでは後手後手の対応になる。王太子殿下は他国へ渡った際に有事には国王の代理人となる権利があったはず。今、王太子殿下の許可を取りたい」

「……」

「それとも……調査に入られては困る、何か理由でもあるのか？」

国王の言葉に、さっとトリスタンは顔を上げた。

もしかして、この国は。この王は――

「お話し中のところ、失礼します。イザベラ・バルトシェク様がいらっしゃいました」

国王とトリスタンの間に張り詰めた空気が漂うそこに、侍従の声が割って入った。

そして騎士が入室の許可を取る前に――ばあん、と謁見の間のドアが開いた。

「お待たせ！　イザベラ・バルトシェク、ただ今到着です！」

「伯母上……もう少しお静かにいらっしゃってください」

それまで黙っていた枯れ草色の髪の青年が振り返り、呆れたような声で言う。

元気よく入室してきたのは、国王と同じ年頃の中年女性。小柄で、身長は平均よりも低いだろう。緊張の欠片《かけら》もなくるんるんと歩いてきた彼女はユリウスの隣に並び、その背中をとんっと叩いた。

「ちょっと、仕度に手間取っちゃったのよ！　ごめんなさいね！」

そしてイザベラは振り返ると、錫杖を手に険しい顔をしている国王を見上げて、よっ、と言わんばかりに片手を挙げた。

「久しぶりね、ノルベルト。ユリウスたちの婚約の許可を取りに行った時以来かしら？」

「おまえも変わらないな、イザベラ。元気なのはいいことだが、はしゃぎすぎて腰を痛めるなよ」

「あなたこそ、そろそろ髪の薄さを気にしなさいね。必要なら、いい薬を作ってあげるから」

「また今度頼む」

……謁見の間で何をやっているのか、と言いたくなるが、言えない。言えるはずがない。

なぜならこのやり取りをする者たちの片方はレンディア王で、もう片方は恐怖の大魔女であるイザベラ・バルトシェクなのだから。ミュレル王から、「イザベラ・バルトシェクだけには逆らうな。あれに逆らうと命がないどころか、王都が吹っ飛びかねない」と言われていた。

突然乱入してきたわりに、イザベラは今この場における話題について理解しているようだ。

「そうそう、ノルベルト。今、ミュレルとのことでちょっと揉《も》めているのよね？」

「ああ。こちらにいらっしゃるトリスタン殿下もお困りの様子で」

「そう……お気の毒ね」

そう言ってイザベラがトリスタンを見て微笑《ほほえ》んだ。トリスタンの背中に、悪寒が走った。

「わたくしの方から、いい案があるのだけれど……」

「僭越《せんえつ》ながら伯母上。あなたにお任せするととんでもないことになるので、僕の方から意見してもよろしいでしょうか」

「ユリウス・バルトシェクか。申してみよ」

レンディア王も言ったので、トリスタンはほっとした。

イザベラとユリウス・バルトシェクは伯母と甥《おい》の関係だが、血の繋《つな》がりはない。バルトシェク家は魔道士として優秀な一方で変人の集まりだと聞いているのだが、ユリウスならばまともな案を出してくれるのではないか。シャルロットの世話係になったということだから、ミュレルに対して悪い印象はないはず。

そう思って、トリスタンはユリウスを振り返り見た。その期待するような視線を受けたからかユリウスもこちらを見て、にっこりと笑った。

「今後、レンディアとミュレルの関係がこじれると大変なことになります。よって……手っ取り早く、全てをなかったことにすればいいのではないですか？」

「具体的には？」

「ミュレル王国の国土を、魔法で更地にしてしまうのです」

何を言っているのだこの男は、とトリスタンは言いそうになった。

だが絶句しているのはトリスタンくらいで、国王は黙っているだけだし、イザベラに至ってはぴょんと跳ねた。

「まあ、素敵！　そうよね、レンディアにとって困ったことになったら嫌だし……ミュレルって実際に、ちょっと怪しい噂《うわさ》があるものね。わたくしとユリウスが協力すれば半日くらいで、とっても素敵な更地ができるわね！」

「あ、あの、あなた方は一体、何を……」

「ユリウスがこれだけやんわりと言ってくれたのに、分からないの？　あなた、ミュレルに調査団が来たら困ったことになるから、陛下の提案を受けるのを渋っているのでしょう？　あなたたちに明かされたくない闇があり、それを暴かれるのをどうしても嫌がるのなら……わたくしたちは実力行使に出る、と言っているのよ」

それまでの少女のような態度はどこへやら、イザベラは真顔でそう言ってきた。

――ぞくり、と体中に寒気と痺《しび》れが走る。

「確かにレンディアとミュレルは同盟関係にあるわ。でも……前々から胡散臭《うさんくさ》いとは思っていたのよね。王都のあちこちに不自然に張られた視覚妨害魔法、ミュレルから流れてくる移民の数、農村部と王都中心街でのあまりの落差。……はてさて、ミュレルは――というかミュレル王家は、これからも我が国が同盟関係であるに値する存在なのかしらね？」

あらら困った、と言いたげにイザベラは微笑むが、とんでもない。

イザベラとユリウスが本気になれば、ミュレルの狭い大地は半日もせずに焼き尽くされる。そうでなくても、レンディアから見放されたとなれば――貪欲なオルーヴァがミュレルに魔の手を伸ばさないとは言い切れない。

トリスタンは、焦った。

せめて、自分たちの命だけは。国民がイザベラたちによって虐殺され、国土が焦土と化したとしても、自分の命だけは助けてほしい。というより、助かってしかるべきだ。

なぜなら、トリスタンは自分が間違ったことをしているなんて、露ほども思っていないのだから。

「へ、陛下。私は――」

「失礼します、陛下。シャルロット王女殿下がご到着なさいました」

侍従が告げた。今度はイザベラ登場の時と違い、厳かに静かにドアが開かれる。

そこに立っていたのは、二人の女性。片方はトリスタンの妹・シャルロットで、もう一人の……

茶色の髪の女は確か、妹の付添人《コンパニオン》になった平民非魔道士だ。

……あの女の顔を見ると、苛立ってくる。

生意気にもトリスタンに反抗して物申した、命知らずな馬鹿女。所詮卑しい非魔道士で、婚約者がいなければ何の力もないくせに。

だが女はトリスタンの視線を受けても平然としており、シャルロットの体を支えながら入室してきた。

妹の青色の目が、トリスタンを見て——気づいた。

この目を、トリスタンは知らない。

トリスタンの知る妹は、こんな強くて生意気な目つきをしてこなかったはずだ。

「お兄様……もう、やめましょう」

「……シャルロット。何を、言っている？」

「わたくしたちミュレル王族は、全ての罪を認めなければなりません。国民たちを虐げ、非魔道士たちを差別してきたわたくしたちは……民たちを救うために、この命をも投げ出さなければならないのです。そうでもしなければ、わたくしたち王族が何代にもわたって行ってきた非道を、贖《あがな》うことはできません」

……この女は、何を言っているのか。

これは本当に、シャルロットなのか。血を分けた、トリスタンの妹なのか。

あの、便利で従順なお人形さんのようなシャルロットは、どこに行ったのか。

——トリスタンは、駆け出していた。

背後でイザベラが「待ちなさい！」と叫ぶが、止まらない。

やっと、彼は気づいた。

自分は、ミュレル王家は、嵌《は》められたのだ。

レンディア王もバルトシェク家も——そして妹も、最初から自分たちを断罪するつもりでこの場を設けたのだ。

ならば、もう逃げられないのならば。

妹の首に、手を伸ばす。それまでは強気な目をしていたシャルロットも、びくっと体を震わせて後じさりした。

「シャルロット！」

……だが妹の前に、茶色の髪の女が立ちふさがった。そしてシャルロットを守るように腕を広げて、きっとトリスタンを睨《にら》んでくる。

この、女だ。

この女が、妹を変えた。妹をそそのかした。

ミュレルを——破滅に導いた。

「どけぇえええええっ！」

叫び、トリスタンは魔法の構えをした。もう、なりふりなんて構っていられなかった。

シャルロットがひっくり返った声で、「お兄様！」と叫ぶ。背後からユリウスたちが駆けてくる音がするが——遅い。

トリスタンの右手の中で光が溢《あふ》れて、それが魔法の刃の形に変わろうとした——その瞬間。

茶色の髪の女が、すっと体を横に滑らせた。そして左手を伸ばして、トリスタンの手首を摑《つか》んだ途端。

ぽしゅん、と情けない音を立てて、トリスタンの右手に溢れていた光が消えてしまった。

「……。……え？」

呆然《ぼうぜん》とするトリスタンの手首を摑む女は、何も言わない。てっきり彼女が魔法解除効果のある魔道器具でも装着しているのかと思ったが……違う。

トリスタンの魔法は解除されたのでも、弾《はじ》かれたのでもない。右手に込めていた魔力が全て、まるで吸い取られたかのように消えてしまったのだ。

どういうことだ、と呆然としたトリスタンは、腕を振って後退した。さすがにそれで女は手を離したが、代わりに背後から伸びてきた小さな手ががっしりと、トリスタンの肩を摑んできた。

「はいはい、そこまでね。……うちのお嫁さんになる子に、感謝しなさい。彼女が魔力の素を吸い取ってくれたおかげであなた、レンディア王の目の前で非魔道士に魔法をぶっ放した馬鹿者にならずに済んだのだからね」

振り向かずとも、声の主は分かる。イザベラは非常に小柄だが——残念ながらトリスタンの身長はそれほどでもないので、十分肩に手が届いてしまうのだ。

そして、つかつかと近づいてきた足音がトリスタンの脇を通り過ぎて、茶色い髪の女の肩を抱いた。婚約者に抱きしめられた女は安心したように微笑み、ユリウスもまたほっとした様子で恋人を抱きしめた。

そして彼は背後のシャルロットにも声を掛けた後、トリスタンを見つめてきた。

睥睨《へいげい》でも蔑視でもない――ただ単に、冷めた目で見てくるこの眼差《まなざ》しが恐ろしくて、トリスタンはへなへなとその場に頽《くずお》れた。

「……レンディア王国は、魔道士と非魔道士が手を取りあう国だ。そして僕は……叶《かな》うことなら、レンディアに限らず多くの国が同じような考えになり、魔力の有無や生まれによって人が差別されることのないような世になればと思っている」

大魔道士で、顔もよく、後ろ盾もしっかりしているユリウス。

望めばもっと多くのものが手に入るだろうに、彼が欲したのは穏やかすぎる世界と、彼が腕に抱きしめる平民非魔道士の女くらい。

その様を見ていた国王も、静かに告げた。

「……トリスタン殿下。我が国の調査団を、ミュレル王国に派遣する。そして……もし貴国が我々の方針に異を唱えるようであれば、それまでだ。同盟関係を解消し、ミュレルとの国交を断つ。……その旨を、ミュレル王によく伝えよ」

＊＊＊

その後間もなく使節団が発足し、ミュレル王国に向かった。

王族代表は魔道軍にも所属する血気盛んな第二王子で、完全武装して戦う気満々だった彼だがミュレル王国はあっさり門を開き、一行を城に通した。

王都中に張られていた不自然な視覚妨害魔法を解除したことでスラム街が明らかになり、結果としてほとんどの王族は追放処分を受けた。

……だがレンディア使節団が行動したのは、視覚妨害魔法の解除や第一王女・シャルロットがレンディアで起こした事件について説明したくらいだ。

ほとんどは、噂を聞いた近隣諸国が騒ぎ立て、希望を見出《みいだ》して蜂起したミュレル国民が反乱を起こした結果であった。第二王子は戦いたくて戦いたくてうずうずしていたそうだが側近に止められ、国民たちが奮闘する姿を寂しげに見守っていたという。

ミュレル国民は、自分たちを救うために身を差し出したシャルロット王女に感謝し、彼女の即位を望んだ。だが本人がそれを固辞したため、末の王子が王太子になった。これまで病弱と言われていた王子の立太子に国民たちは戸惑ったが、彼が低魔力ゆえに蔑まれていた存在だと知ると、王子を支援しようというつもりになったようだ。

だが彼はまだ幼くシャルロットも女王即位を固辞したため、ミュレル王の座は空席になる。よって王子の即位まではレンディア王家が王子の後見人を務め、実質ミュレルはレンディアの支配下に置かれることになった。

こうして、元王女・シャルロットが孤独の末に戦い、己を犠牲にしてでも果たそうとした使命は遠回りをした結果、達成されたのだった。

終章◆亡霊魔道士の拾い上げ花嫁

リビングのソファに座って手紙を読んでいたライラは、ドアがノックされる音を耳にして顔を上げた。

「失礼します、ライラ様。シャルロット様からのお手紙が届きました」

「どうぞ」

入ってきたヘルカは、手紙の載った銀のトレイを手にしている。その手紙を受け取ったライラは首を伸ばして、廊下の方を見やった。

「ユリウス様は……まだ上？」

「はい。現在、最終調整をなさっているようでして」

ヘルカはそう言って、やれやれと言わんばかりの眼差《まなざ》しで天井を見上げた。

夏が深まり、結婚式を数日後に控えた段階だというのに、ユリウスはまだライラへの贈り物のアクセサリー作りに奮闘しているようだ。デザインだけは固まっているのでヘルカは離脱して、今はヴェルネリと一緒にあれでもないこれでもないと話しあっているという。

ライラは微笑《ほほえ》み、封筒から便せんを取り出した。

「それじゃあ、落ち着いた頃にお茶にしようかな」

「そうですね。伝えて参ります。あと、返信用のレターセットもお持ちしましょうか？」

「うん、お願い」

ヘルカを見送り、ライラは今取り出したばかりの便せんを広げて、窓から差し込む夏の日差しに透かした。

これは、シャルロットからの手紙だ。

——あの事件の後。

ライラはシャルロットとエリクの謝罪を受けた上で、「もう大丈夫」と告げた。

二人の行いを許す許さないというより、彼らがそうせざるを得なかった事情を聞いてユリウスたちとも相談した上で、ライラは「襲われたのは怖かったけれど、シャルロットたちの行動理由は理解した」という形で和解することにしたのだ。

そうして春の終わりに、シャルロットは帰国した。末の弟以外の王族が全員追放処分を受けて、彼女も女王即位を辞退して王族から籍を外すことを望んだ。

だが、ミュレル国民の大半は優しくて勇敢な元王女を慕っていた。どうやら彼女がレンディアに渡るよりも前から、王族の中で唯一頻繁に町に下りて国民の話を聞いていたシャルロットは、元々人気があったようだ。

そういうことでレンディア王の推薦もあり、シャルロットはミュレルとレンディアを繋《つな》ぐ外交官になった。

一方、シャルロットの従者だったエリクもまた、新しい人生を歩むことになった。シャルロットのためならば罪を犯すことも死ぬことも惜しくなかった忠実な部下もまた、レンディア王に見出《みいだ》された。彼は家族からも低魔力ゆえに虐げられていたが従者として非常に優秀なため、レンディア貴族の養子として歓迎された。

そして彼は、「外交官として未熟なシャルロットを支え、なおかつその行動を監視するため」という名目で、シャルロットの補佐官に任命されたのだった。

それは孤独な中で祖国の民のために奮闘したシャルロットに配慮して、シャルロットが国民のためにに今後も動き、せめて――本当に好きな人と一緒に暮らしてほしい、というレンディア王の粋な計らいがあったのだった。

(シャルロット様……エリクさんのことが、好きだったんだね)

手紙には、新人外交官としての日々は忙しいし学ぶべきことも多いが、とても充実していること。王太子とはもう姉弟として過ごせないが、今は主従として一緒に過ごせていること。そして……やっとエリクにも想《おも》いを伝えられたことなどが書かれていた。

(前にシャルロット様が、私のことを「羨ましい」って言っていたし、エリクさんにもよく睨《にら》まれていたけれど……あれは、二人が結ばれない恋をしていたからだったのね)

エリクには初対面から嫌われていると思っていたのだがそうではなくて、自分と同じ――それどころか魔力を露ほども持っていないのに魔道士と結婚できるライラが羨ましくて、ついじっと見てしまったのだと本人から謝罪されている。

シャルロットは言わなかったがユリウスは、「ライラを付添人《コンパニオン》にしたのは襲いやすかったこともあるかもしれないけれどきっと、自分では叶《かな》えられない恋をしているライラが羨ましくて、側《そば》で話を聞きたかったのかもしれないね」と考えを教えてくれた。ライラも、きっとそうだろうと思っている。

なぜなら、ライラの話を聞いている時のシャルロットはとても、自然な感じがしていたから。

便せんには他にも、ライラと一緒に作ったケーキをミュレルでも作って、エリクと弟にも振舞ったことも書かれていた。

そこに小さく、「実はあの時、エリクが気に入ってくれるかどうかということばかり考えていたの」と書かれていたので、つい笑ってしまった。

そういえば、酒を振り掛けるタイミングを聞いた時、シャルロットはまだ酒が飲めないので酒の味もよく分からないのに、焼き上がった後で掛けると即答していた。あれも、最初からエリクに食べてもらうつもりだったので、彼の好みを優先させたからだったようだ。

便せんの最後には、結婚式に間に合うように国を出ること、そして――晴れ乞いの薔薇《ばら》を持って行くから絶対に当日は晴れるはずだ、というメッセージと、色鉛筆で描いたらしい青い薔薇のイラストが添えられていた。

青い薔薇は箱を落とした時に少し欠けてしまったが、シャルロットは何度も謝りながらそれを受け取り、大事そうに手の中に包み込んでいた。そして、一生大切にする、これを部屋に飾っていつもライラたちのことを思う、とまで言ってくれたのだった。

かつては付添人《コンパニオン》と王女だったライラたちは今、ほぼ対等な立場にある。そしてライラもシャルロットを友人兼ミュレル王国代表として、結婚式に招いている。ちなみに同時に出席してくれるエリクの方は、ユリウスの友人枠だ。

「あ、ライラ。そろそろ休憩しない？」

シャルロットの手紙を畳んで封筒に戻したところでリビングのドアが開き、ユリウスが入ってきた。これまでは髪を緩めに結んでいた彼も、暑い季節になったからか後頭部の高い位置で結っている。最初の頃のライラは、髪を上げたことでユリウスのうなじが見えて、その都度挙動不審になってヘルカに笑われてしまったものだ。

ユリウスはライラがテーブルに置いた手紙を見ると、柔らかく微笑んだ。

「……シャルロット様からだね。そろそろ城下町の宿に到着されているんじゃないかな？」

「そうですね。これはミュレルを出発する前に発送したみたいですし。……嬉《うれ》しいことですね、こうして、たくさんの人がお祝いしてくれるのって」

「うん。これも君の人望のたまものだね」

「ユリウス様の人望のたまものでもありますよ！」

「そっか。それじゃあ僕たちの人望のたまもの、だね」

二人は顔を見合わせるとくすくすと笑い、ライラは立ち上がって甘えるようにユリウスの胸に抱きついた。

「おっと。花嫁さんは、甘えたくなっちゃったかな？」

「まだ花嫁まで数日あります。今の私はただのライラです」

「それもそうだね。……それじゃあ、可愛《かわい》いライラ。そろそろお茶にしよう」

「はい」

もう一度ぎゅうっとユリウスに抱きついてからライラは腕を下ろし、ちらっとテーブルを振り返り見た。

「……いつか」

ユリウスが、言う。

「いつか全ての人たちが、僕たちみたいに……身分や魔力の有無を問わずに一生を共にしたい人と一緒になれる世の中になると、いいね」

ライラに呼びかけているというよりも自分に言い聞かせているようなユリウスの言葉に、ライラも頷《うなず》いて彼の大きな手を握った。

「私も、自分にできることをしていきたいです。私は非魔道士だけれど、できることがある。むしろ非魔道士だから言えることもあるんだって、証明したいです」

「ライラ……」

「そうなるまで私のこと、見守ってくれますか？」

ライラが尋ねると、ユリウスはむっとしたようだ。だが彼が何について怒っているかの大体の察しが付いてしまったライラは、つい笑みをこぼしてしまう。

「そうなるまで、じゃないよ。……僕はずっと、君と一緒にいる。僕の多すぎる魔力を吸い取ってくれる人だからっていうので始まったけれど……僕は、君がいい。自分の気持ちを口にして、僕と一緒に歩いてくれる、君だからいいんだ。だから、ずっと君を見ているし、手放したりもしない」

「……はい」

そんなの、ライラも同じだ。

（私も、ずっとユリウス様の側にいたい）

一緒にお出かけして、一緒においしいものを食べて、一緒に笑って、一緒に年を取って。

困った時には相談して、まずい状況になったら協力してその場を切り抜ける。そして嬉しいことも共有して――そんな二人、そんな夫婦でいたい。

「……ユリウス様、愛しています」

素直な気持ちがぽろっと唇からこぼれ出たからか、ユリウスの手がわずかに震えた。おや、と思って隣を見ると、ユリウスが空いている方の手で顔を覆い、俯《うつむ》いていた。

「っ……いきなりだね」

「だって、ユリウス様だっていつもいきなり好きだ可愛い愛しているって言ってくるじゃないですか。嬉しいことは二人で共有、ですよ?」

「う、うん……そうだね。そうだよね」

ユリウスはライラを見て、照れたように笑った。これまではライラが何をしても余裕の顔をしていて、むしろライラの方を翻弄してくるばっかりだったというのに。

(もしかしてユリウス様、花婿修業で色々学ばれたのかな?)

そう思って尋ねてみたのだが、ユリウスは耳を赤くしつつ、難しい顔で首を横に振った。

「そうだけど……内容については、今は内緒」

「ええっ……もうすぐ結婚ですのに?」

「うん、今はまだだめ。……僕が色々と我慢できなくなってしまって、伯母上やヘルカに叱られてしまうから」

ユリウスに言われたので、ライラも大体の想像が付いた。どうやらライラが行った花嫁修業と違い、ユリウスの花婿修業はなかなかハイレベルな内容だったようだ。

(……でも、それなら)

ライラはぎゅっとユリウスの腕を摑《つか》んで背伸びをして、その耳元に唇を寄せた。

「……それじゃあ。結婚したら、たくさん教えてくださいね」

「……」

「私、あなたからいろんなことを教わりたいんです。それに私もあなたに、たくさんのことを知ってほしいし……」

「……ライラ」

はあ、とため息をついたユリウスが振り返り、ライラの頬を柔らかく摘《つま》んだ。

「本当に、僕は君には勝てないよ。降参だ」

「えっ、それじゃあちゃんと教えてくれますか？」

「うん、たくさん教えるよ。……僕がどれくらい君のことが好きかってこととか、君のどういうところが素敵なのかとか、君からどんな言葉が聞きたいのかとか……全部」

今度はユリウスの方がライラの耳元で囁《ささや》いてきたので、思わずびくっと身を震わせてしまった。

ユリウスはそんなライラを見るとくつくつと笑い、熱を持つ耳をそっと撫《な》でてきた。

「それじゃあそろそろ、行こうか。……せっかくのお茶が冷めてしまうって、ヴェルネリが怒っているかもしれないね」

「そ、そうですね。でも怒っていたら、私も一緒に怒られますから！」

「ふふ、そうだね。君と一緒なら、毎日怒られても全然構わないかも」

「それはさすがに構ってください……」

ぽんぽんと言葉を交わしながら、結婚を間近に控えた婚約者たちはリビングを出て行く。

そんな二人を、テーブルに残された手紙が静かに見守っていた。

＊＊＊

シャルロットが晴れ乞いの薔薇を持ってきてくれたからか、結婚式当日はとてもよく晴れていた。かといって日光で暑すぎるということもなく爽やかな風が吹いていて、庭木の周りには濃い影ができている。とても過ごしやすい夏の日だ。

「あーっ、ライラさん！　すっごく可愛い！」

控え室にいたライラのもとにやってきたのは、おめかしをしたエステル。彼女の背後にはバルトシェク家の女性陣が勢揃《せいぞろ》いで、皆もライラを見て「あらあら」「まあまあ」と嬉しそうな声を上げていた。

「ありがとうございます、エステル様。皆様、今日はお越しいただき、ありがとうございます」

薄紫のドレスを着て化粧をしたライラがそう言うと、華やかな淡いピンク色のドレスのエステルがえっへんと胸を張った。

「ユリウス兄さんとライラさんの結婚式だもの！　あ、そうだ。私を花籠係に選んでくれて、ありがとう！」

花籠係とは、結婚式の招待客に頼む仕事の一つだ。たいていは新郎新婦どちらかの親族の、未婚の女性が担当する。花籠係が季節の花が盛られた籠を持って壇上で控えて、花婿に籠を差し出す。

そこから花婿が一輪花を選んで、それを花嫁の髪や胸元に挿すことになっていた。

「いいえ、こちらこそ受けてくれてありがとうございます。よろしくお願いしますね」

「うん！　あ、そうだ。そろそろ籠を受け取りに行くね。それじゃあライラさん、また後でね！」

「はい」

エステルたちが賑《にぎ》やかに去っていった後には、アマンダたち学院時代の友人も挨拶に来た。アマンダにも披露宴での新婦紹介係をお願いしていて、他の友人たちにも楽器の演奏や歌や踊りを頼んでいる。

そして、ミュレル王国官僚の制服姿のシャルロットもやってきて、遠慮がちに微笑んだ。

「久しぶりね、ライラさん」

「シャルロット様！　ようこそお越しくださいました。おかげさまで晴れましたよ！」

「どちらかというと、晴れたのは薔薇を選んでくれたあなたたちのおかげだろうけれど……まあいいわ」

シャルロットは進み出ると、他の客と同じように贈り物を置いてから、じっとライラを見てきた。

王族から抜けたシャルロットは、髪を少し切っていた。その髪を以前のように優雅に結い上げるのではなくて太い三つ編みにして背中に垂らしており、清楚《せいそ》な感じがする。

「外交官の制服、素敵ですね。とてもよく似合っています」

「ありがとう。わたくしも、今のこの姿こそが自分にぴったりだと思っているわ」

そう言ってから一旦口を閉ざし、シャルロットは続けた。

「……本当に、あなたたちにはいくらお礼を言っても足りないくらいだわ。ミュレルのことも、弟のことも……もちろん、わたくし自身のことも。あなたがいなかったら、あなたが動いてくれなかったら、あなたが……わたくしに歩み寄ろうとしてくれなかったら、こうはならなかったもの」

「……いいえ、全てはシャルロット様が頑張った結果です。私こそ、あなたに会えてよかったです」

シャルロットは、大丈夫だろう。

彼女には守るべきものがあるし、守ってくれる人もいる。

（私と同じ……って言うとおこがましいけれど、でも、だからこそシャルロット様とこれからも仲よくしたいって思える）

「……まあとにかく、今日はおめでとう。わたくしがブーケを渡す係なんて、ちょっと柄ではないと思うけれど……嬉しいわ」

シャルロットはそう言って、照れたように微笑んだ。

かつては彼女のこんな顔を見ることはなかった。きっと、周りの人が——特に、晴れて恋人となったエリクが、彼女をここまで表情豊かな少女にしたのだろう。

式を挙げる場所はライラとユリウスの希望で、王都の隅にある小さめの教会を選んだ。イザベラには、「うちの権力をフルに使えば、王城の大広間も貸し切れるわよ？」と言われたが、丁重に断っておいた。

このままだと夏の日差しがきついかもしれないので、バルトシェク家の皆を始めとした魔道士たちが、教会周辺を覆うように大きな魔法壁を作ってくれた。どうやらこれは太陽の光と熱を和らげるものらしく、確かに壁越しに見上げた空はそれほど眩《まぶ》しくなくて、太陽さえ白っぽい丸い形が安全に目視できた。魔法とは便利なものである。

教会の会場横の控え室でライラが母と一緒に待っていると、コンコンとドアがノックされた。ドアが開いて顔をまず覗《のぞ》かせたのは、ドレス姿のヘルカだ。

「ライラ様、ヘリナ様。もうすぐユリウス様がいらっしゃいます」

「了解よ」

「いよいよね。……それじゃあ私はお父さんと一緒に、会場で待っているわ」

それまでは隣に座ってお喋《しゃべ》りをしていた母が立ち上がって言ったので、なんとなく寂しくなってしまった。まるで、今母と別れたらもう二度と、お喋りできなくなってしまうかのような不安な気持ちに、ライラは思わず母の顔を見上げる。

だが母は全てを理解したかのように振り返ってライラを見ると、ぱちっとウインクをした。

「大丈夫よ。……あなたは私たちの、自慢の娘よ。お嫁さんになっても、いつまでも私たちの子どもなんだから。そんな顔をせずに、ちゃんと笑っていなさい」

（……ああ。本当に、筒抜けだったな）

しかもそんな気持ちを否定したり、子どもっぽいと一蹴したりせずに受け入れて、それでいて背中を押してくれる母には、まだまだ勝てそうにない。

ライラが笑顔になって頷いたのを確認して、母は部屋を出て行った。母と入れ替わるように入ってきたのは、ヴェルネリとヘルカだ。

今日は新郎新婦のお付きとして列席するため、どちらも魔道研究所の制服ではない正装姿だった。ヴェルネリは薄いグレーのジャケットとスラックス姿で、ヘアピンでも使っているのか前髪も整えている。普段は黒ずくめの印象なので、いつもよりも明るい雰囲気がある。

隣に立つヘルカは魅力的な体形をいっそう美しく見せるブルーのドレス姿で、長い髪も冠のように結っている。

（二人が並んでいる姿、結構似合っているかも……）

ふと、そんなことを思ったが、口には出さない。ヘルカなら大人の余裕でかわしてくれるだろうが、ヴェルネリは一気に不機嫌になること間違いなしだからだ。

二人はライラの前に進み出ると、揃《そろ》ってお辞儀をした。

「本日はおめでとうございます、ライラ様」

「ユリウス様並びにライラ様のお付きとして参列できることを、大変嬉しく思います」

「私の方こそ、あなたたちにはいつもお世話になっているし……こうして無事に結婚式の日を迎えられたのも、二人のおかげだと思っているわ。ありがとう、ヴェルネリ、ヘルカ」

ライラが礼を言うと、さすがのヴェルネリも神妙な顔で頷いた。

「これからもわたくしたちで、お二人を支える所存でございます。このヴェルネリは相変わらずライラ様に文句を申すでしょうが、これからのライラ様はれっきとした女主人ですからね。けちょんけちょんに言ってやってください」

「おい、私だって時と場合を考えることくらいする」

「へえ？　わたくし、聞いているわよ。初対面の時、ヴェルネリはライラ様に警戒心剥《む》き出しで失礼なことを言ったって」

「そ、それは」

ヴェルネリが戸惑ったように視線を向けてきたので、ライラはくすっと笑った。

（確かに、初対面で「あなたに誠心誠意お仕えする気はありません」って言われたっけ）

でも。

「大丈夫よ、ヘルカ。私、ヴェルネリは口べたなだけでとってもいい人だって、十分知っているもの。だからヴェルネリも、無理に変わろうとしなくていいわよ。私、今のヴェルネリが十分好きだから」

「……。……」

ヴェルネリは目を剝いてライラを凝視していたが、いきなりくるっと後ろを向き、咳払《せきばら》いをした。

「……そ、そうですね。私という人柄を理解していただけたようなら、重畳。ライラ様のお言葉の通りにさせていただきましょう」

「ちょっと、あなた――」

「……しかし。私は今、あなたは他のどの女性よりもユリウス様の奥方にふさわしいと思っております。……初対面では失礼なことも申しましたが……前言撤回です。これから、あなたは私のもう一人の主人です」

ヴェルネリを注意しようとしたヘルカが虚を衝《つ》かれたように動きを止め、ライラも一瞬驚いたものの、つい笑みをこぼしてしまった。

「ヴェルネリ……」

「あなた……そういう大切なことは、きちんと前を向いて言いなさいよね」

「うるさい」

「嬉しさのあまり緩んだ顔と真っ赤になった耳を見られたくない気持ちは、分かるけれどね……」

「うるさい！　行くぞ、ヘルカ！　ユリウス様をお呼びせねば！」

「はいはい。ではわたくしたちは一旦、ここで」

「うん。会場でも、よろしくね」

仲よく小突きあいを始めた二人を見送りながら、ライラは呼びかけた。

これからもライラは、二人が言いあう声を聞きながらあの屋敷で暮らすのだろう。そしてそのたびに、「今日も二人は仲がいいな」と微笑ましい気持ちになるのだろう。

ヘルカとヴェルネリが去ってしばらくして、会場係の使用人がやって来た。

「ユリウス・バルトシェク様をお通しします。ご準備はよろしいでしょうか」

「……はい」

いよいよ、だ。

ライラは椅子から立ち上がって、鏡に映る自分の姿を確認してから使用人に頷いてみせる。彼は一礼して下がり――そして、ユリウスが入ってきた。

すらっとした長身を包む、純白の正装。夏仕様なので生地は薄めで、さらりと肌触りのよい布地にしているのであまりきらきらしくはない。だがそれを着るユリウスの方がきらきらしい美貌を持っているので、これくらいでバランスが取れていると思う。

艶やかな麦穂色の髪は首筋で結っていて、前髪もいつもよりは整えている。おかげで柔らかなヘーゼルの目と男らしい輪郭がはっきりと見えて、婚約者のかんばせについつい見入ってしまう。

彼はライラを見るとふわりと破顔して歩み寄り、慈しむような眼差しでライラの姿をじっくり見てきた。

「ライラ……とても素敵だ。おかしいな、このドレスを着た姿は試着の時にも見たはずなのに……あまりにも君が可愛くて、素敵すぎて、感動で胸がいっぱいだよ」

「あ、ありがとうございます。ユリウス様もとっても素敵です！」

「ありがとう。でも、君の前では霞《かす》んでしまうけれどね」

茶目っ気たっぷりに微笑んでそう言い、ユリウスはぽん、とどこからともなく小さな箱を出現させた。前にも見せてくれたことがある、遠くにあるものを取り寄せる魔法だ。

「それじゃあ、ただでさえ素敵な花嫁さんだけれど……僕が最後に仕上げの魔法を掛けても、いいかな？　君が最高に可愛くなれる……はずの魔法なんだけど」

箱を手に首を傾《かし》げてそう言われたので、ライラはくすっと笑った。

「ええ、もちろん。私を素敵なレディにしてくださいますか、魔道士さん？」

……それはレンディア王国で昔からよく読まれている、おとぎ話に出てくるフレーズだ。

恵まれない少女が、一度でいいから夢を見たくて魔道士にドレスの魔法を掛けてもらい、お城の舞踏会に行く。そこで王子様と踊って夢のような時間を過ごしたけれど、魔法が解けてしまい少女は慌てて帰宅する。

……ちなみにこの話のラストで少女は結婚式を挙げるが、相手は王子様ではなくて、魔道士だ。

実は少女の健気《けなげ》な姿に一目惚《ひとめぼ》れしていた魔道士は彼女の願いを叶えるが、好きな子が王子様と踊る姿を魔法の鏡で見ていて嫉妬してしまい、ついドレスの魔法を解いてしまっていたのだ。

プロポーズの際にそれを告白された女の子は、やれやれ困った人ね、でもそんなあなたのことが好きだから、一生面倒見ないとね、ということで求婚を受けるのだ。その話が昔から人気があるからか、レンディアのおとぎ話に出てくる女の子主人公は総じて男前なのだった。

ユリウスもそのおとぎ話は読んだことがあるようで、「かしこまりました、愛らしいレディ」といたずらっぽく囁いてから箱を開けた。

そこにあったのは、ネックレス。しかも、奇抜なデザインではない。

髪の毛のように細く伸ばした金を編み込んで作った鎖は繊細で、小さな魔石が随所にちりばめられている。一番大きなものがペンダントトップのように付いているがそれでもライラの小指の先で突《つつ》いた程度の大きさで、表面がカットされた紫水晶《アメジスト》のようなそれは、柔らかい日差しを浴びてきらきら輝いている。

ユリウスがヴェルネリとヘルカ監修の下で作った、手製のネックレス。

ライラを最高の花嫁にしてくれる、素敵な魔法が込められたアクセサリーだ。

「とってもきれい……」

「よかった。ヘルカは、なるべくトップの部分の魔石は小さめがいいって言うし、ヴェルネリはシンプルに表面を削るだけで十分だって言うし、あれこれ試行錯誤を重ねたんだ。僕の魔力もたくさん詰まっているから、いつでもライラのことを守ってくれるよ」

「ありがとうございます。……つけてくれますか？」

「もちろん。……さあ、レディ。その場でターンしてみて」

この台詞《せりふ》はおとぎ話にはなかったはずなので、ユリウスの遊び心なのだろう。

ライラは微笑んで、スカートの裾を摘んでゆっくり後ろを向いた。そして下ろした髪を少し手でかき分けて、ユリウスにうなじが見えるようにする。

「……前から思っていたけれど、君の首筋ってとてもきれいだよね。キスしたくなる」

「今はだめです」

「だよね。それじゃあ、夜になったらたくさんキスさせてね」

「は、はい」

昼間から何の約束をしているのだろうかと思うが、ライラとて嫌ではない。

妙にどきどきしながらライラが待っていると、ユリウスが鎖の留め金を外して、そっとライラの首にネックレスを掛けた。見た目からして繊細で軽やかな感じがしていたネックレスが肌に触れるが、やはりほとんど重さを感じなくて肌触りもいい。

以前ユリウスがくれた超奇抜なネックレスもデザインはともかくつけ心地はよかったので、こういうところからもユリウスの気遣いや工夫が感じられた。

ぱち、と留め金が掛けられたので、片手で髪を押さえながら振り返る。

「どうですか？」

「……うん、やっぱり君には紫色がよく似合うね。僕が初めて君に出会った日も、紫のドレスを着ていたし君の目の色だし、紫にしてよかったよ」

うんうん頷きながらユリウスが言うので、ライラは鎖骨付近を飾るネックレスにそっと触れてから、ユリウスを見上げた。

「ユリウス様。私、ユリウス様のことを幸せにしますね」

「ん？　幸せにしてください、ではなくて？」

「はい。もちろん、幸せにしてほしいという気持ちもたくさんありますが……それ以上に私は、あなたを幸せにしたいんです」

辛《つら》くて寂しい幼少期、そして周りの人に恵まれながらも自身の体調に苦しんできた青年期を過ごしたユリウス。

そんな彼を、ずっと笑顔にしたい。

ライラにしか使えない魔法で、ユリウスを笑顔にしたい。

最初は不思議そうに首を傾げていたユリウスは目を丸くして、そして納得したように頷いた。

「そういうことなら、よろしくお願いします、だね。ただし僕も君に負けないくらい、たくさんの幸せを君にあげるつもりだから、そのつもりで」

「それじゃあ、どっちが相手のことをより幸せにできるか勝負ですね！」

「うん。……君のことを誰よりも幸せにしてみせるからね」

ユリウスがそう言って二人がくすりと同時に笑ったところで、ドアの向こうで会場係がライラたちの名を呼ぶ声が聞こえてきた。そろそろ時間のようだ。

「あ、もう行かないとね」

ユリウスは呟《つぶや》くと、そっと手を差し伸べてきた。

この手に、ライラは何度も助けられてきた。

彼と出会ってからの約一年間で、困ったこと、辛いこと、迷うこともたくさんあった。

だが今ライラは、あの秋の日にユリウスに会えて本当によかったと思える。

――亡霊と呼ばれた魔道士と夜会で捨てられた娘は、こうして幸せになりました。

あまりにも設定が特殊なので世界中のどのおとぎ話にも登場しないフレーズだろうが、これがライラとユリウス、二人だけの物語なのだ。

「行こうか。……僕のお嫁さん」

愛情に満ちた眼差しでユリウスが言うので、

「はい。……私の旦那様」

ライラも微笑み、彼の手を取った。

それは、めでたしめでたしでは終わらない。

これから紡がれる新しい物語の、幕開けだった。

番外編◆婚約者たちのなんでもない一日

――それは、ライラとユリウスがそれぞれの修業を行っていた頃の話。


ライラの朝はいつも、ユリウスと同じベッドから始まる。

ライラの不思議な体質のおかげで不眠を解消できてすっかり健康になったユリウスだが、朝にはずっと弱いままだった。ライラが起きた時にはたいてい、ユリウスは丸くなってまだ眠りの世界にいる。

もうすぐヴェルネリが起こしに来るだろうからそれまでもう少しごろごろしていようと、仰向《あおむ》け状態から横向きになったライラは、こちらを向いて眠るユリウスの前髪をそっと指先で払いのけた。

（……あ、微笑《ほほえ》んでらっしゃる。いい夢でも見ているのかな？）

ユリウスの薄い唇が、優しい笑みを象《かたど》っている。眉間の皺《しわ》なども なく、眉も自然に垂れ下がっていることから、快適な睡眠を取れていることが分かる。

（もし、夢の中でも私に会えたから微笑んでいるのだったら嬉《うれ》しいな……なーんてね）

ふふっと笑って、ユリウスの頬を指先で撫《な》でていると、長い睫毛《まつげ》に縁取られたまぶたがゆっくりと開かれた。

「ん……ライラ」

「おはようございます。まだ、ヴェルネリは来ませんよ」

「そっか……じゃ、もっと一緒に寝よう……」

普段からのんびりと喋《しゃべ》るユリウスだが、寝起きはとりわけ甘えるような口調になる。

彼はライラの背中に腕を回すと自分の方に抱き寄せて丸くなり、ライラの喉と胸の間の空間に頭を突っ込んだ。

まるで、甘えん坊な猫の子のようだ。

「ユリウス様、大きな猫のようですね」

「んん……ライラに甘えられるのなら、猫でも構わない……にゃーん……」

「ンンッ……！」

顔を上げて、猫の手を真似《まね》しているかのように右手を丸めたユリウスが寝ぼけ眼で微笑むものだから、ライラは心臓発作を起こすかと思った。

（か、可愛《かわい》い……！　ユリウス様が、すっごく可愛い……！）

ライラが口元を手で押さえて尊さのあまりじんっと感じ入っている間に、小麦色の毛並みを持つ猫は調子づいたようにライラの胸元に額をすり寄せてきた。

「あ、ははは！　ユリウス様、くすぐったいです！」

「僕は、ユリウスじゃないよ……猫だよ……」

「もう、大きな猫なんですから！……あ、ちょっと待って、そこは、えっと……」

「ライラ、ライラ……もっと撫でて……」

「ええと、少し離れて……もう、ユリウス様っ！」

「おはようございます、ユリウス様、ライラ様――」

タイミングがいいのか悪いのか、二人がじゃれあう空間に忠実な従者がやって来た。

彼はユリウスの着替え入りらしい洗濯籠を手にしていたが、ベッドの上でいちゃいちゃする二人を見てカコン、とそれを取り落とした。その拍子にユリウスのシャツの袖がべろんと籠から出てしまったが、あまりの衝撃からか籠を拾うこともできていない。

その場に硬直したままだったヴェルネリだが、背後からひょっこりとヘルカが顔を覗《のぞ》かせて、「まあ」と呆《あき》れたように言った。

「また、ユリウス様がライラ様にじゃれついて……ほら、朝ですよ！　目を覚ましてください！」

「へ、へへへヘルカ！　おまえ、そんなずかずかと室内に……！」

「もう起床時間でしょう。……ほら、ユリウス様！　手を、お離しください！」

「ヘルカー……助けてー……」

ユリウスに抱き込まれていたライラが情けない声で助けを求めた結果、ヘルカがその細腕のどこにそんな力があるのだろうかという勢いでユリウスの抱擁からライラを引っ張り出してくれたのだった。

仕度を終えたら、リビングで朝食を摂《と》る。メニューにはユリウスの好物であるカリカリベーコンもあったのだが、いつもよりも若干量が少なかった。

それを見たユリウスはとても悲しそうな顔をしたしヴェルネリも困った様子だったが、ヘルカが「朝っぱらからライラ様を困らせた罰です」とぴしっと言ったため、男たちはぐうの音も出なかったようだ。

ちなみに、ヘルカはユリウスの「いたずら」が過ぎた場合にこのようにしてお仕置きをして教育をしているのだが、朝食でベーコンの量を減らしたとしても必ず、昼食か夕食で減らした分のベーコンを追加するようにヴェルネリに頼んでいる。なんだかんだ言ってヘルカも、ユリウスを甘やかしてしまうようである。

今日はユリウスも外出の予定がないので、一日屋敷でまったり過ごすことになっている。

彼は最近、魔道研究所からの依頼などとは関係なく、機械弄《いじ》りをすることに関心を持つようになったらしい。ヴェルネリに機械の部品を買ってこさせて、それを組み立てて新しい魔道器具を作る楽しさに目覚めたということだそうだ。

ライラはバルトシェク家の女性陣から魔法のことを教わっており、その中に魔道器具の種類や使い方の講義もあったのだが、さすがに部品から作ることに関しては門外漢だ。

おまけに作業中のユリウスの部屋はあちこちに小さな歯車や細かい骨組み、薄い金属の板などが転がっており、下手にライラが踏み込んだらせっかく並べたパーツを蹴飛ばしたり、踏み潰したりしてしまいそうだ。

なお、ヘルカも機械弄りは専門外——というか興味がないらしく、ユリウスの補助をするのはヴェルネリの仕事だった。案外ヴェルネリもこういう作業が好きらしくて、ヘルカは「いくつになっても男の子なのね」とぼやいている。

（それじゃあ、ユリウス様が休憩する時にお出しできるお菓子を作ろうかな）

今日はちょうどヘルカも急ぎの用がないらしいので、彼女を伴って蒸留室《スティルルーム》に向かった。

菓子作りは、ライラが自分でも誇れる趣味だ。ヴェルネリは家事全般が得意で特に料理にはこだわりを持っているが、菓子作りはてんでだめらしい。そういうことで、屋敷にある立派な蒸留室——菓子作り用の部屋も宝の持ち腐れとなっていたので、ライラが使わせてもらうことにしていた。

この前屋敷が襲撃された際、ライラはヘルカの指示で蒸留室の棚の陰に隠れていたため、魔道士たちによってこの部屋は派手に壊されてしまった。年代物の道具などもかなり破壊されておりライラはショックを受けたのだが、すぐにユリウスたちが手配して新しい道具を買いそろえてくれた。

かつてユリウスの子守女中《ナースメイド》を務めた女性が大切に使っていた道具たちはほぼ全滅だったのだが、ユリウスが「ライラが無事だからよかった。メイドもきっと、道具は壊れても君が無事ならそれでいい、って言ってくれるよ」と慰めてくれたので、ライラも幾分気持ちが楽になった。

ヴェルネリに食材を使う許可をもらってから、子守女中《ナースメイド》の女性が残してくれたレシピノートを捲《めく》って本日のおやつを選ぶ。

「今日は……これにしようかな」

「型抜きクッキーですね」

レシピ本を覗き込んだヘルカの声が、少しだけ弾んでいる。

型抜きクッキーは絞り出しクッキーよりも生地を硬めに作り、麺棒で伸ばした生地を専用の型でくり抜いたり、ナイフや針を使ってオリジナルの形に成形したりする。

ヴェルネリ曰《いわ》く、ヘルカは「無」の味を生み出す料理人らしいが、型で抜いたり単純に混ぜたりといった作業なら大丈夫だ。おまけにライラよりずっと手先が器用なので、彼女に型抜きを任せたらたくさんの可愛らしいクッキーを作ってくれるはずだ。

材料である小麦粉や卵、バターや飾り用のドライフルーツ類を食料庫から持ってきて、レシピ通りに混ぜ合わせてタネを作る。

作った生地はすぐに焼くのではなくて、ひとまとまりにしてから涼しい場所でしばらく寝かせておいた方がよい。ちょうどそろそろ昼食時間なので、生地入りのボウルはヘルカの魔力でゆっくり冷やしておき、その間に食事に行くことにした。

「今日のおやつはクッキーですよ」とユリウスに教えると、彼はとても嬉しそうに「楽しみだね」と言っていた。

（ふふっ……でも、これだけじゃないんだからね！）

午後も機械弄りの続きをするというユリウスを見送り、ライラとヘルカは蒸留室に戻った。生地は、練った直後よりも艶がありしっかりとした状態になっていた。

きれいなテーブルに粉をふるい、生地が均一の厚さになるように伸ばす。

「よし。それじゃあ、型で抜こうか。……実はくり抜きたい形があるんだけど私は不器用だから、ヘルカにお願いしてもいい？」

「もちろんです。何にしましょうか？」

包丁を手にきらきらと目を輝かせるヘルカに、くり抜いてほしい形を伝える。すると彼女はにっこりと笑い、「今日のユリウス様にぴったりですね」と言った。

ヘルカがくり抜いたクッキー生地にドライフルーツや刻んだナッツなどを埋め込んで、オーブンで焼く。このオーブンは石炭ではなくて魔力で中のものを焼く魔道器具の一種で、ライラが菓子作りをするようになってからユリウスが改良を重ねて、ライラでも難なく扱えるようにしてくれた。

焼き上がったクッキーを冷ましてから皿に並べて、茶菓子が完成したことをヴェルネリに伝える。茶菓子製作はライラだがお茶を淹《い》れるのはヴェルネリの仕事なので、彼とタイミングを合わせてユリウスの部屋に持って行く必要があった。

「失礼します、ユリウス様。お茶の時間にしましょう」

「うん、ちょうど僕の方も、一段落付いたところだよ」

そう言うユリウスは手を洗ったばかりなのか、ハンカチで手を拭いていた。そして彼の私室のテーブルにはパーツの残りや工具などと共に、ライラのそれよりも二回りほど大きな機械製の手があった。肘から上部分のそれは指の配置からして、おそらく右手を模しているのだろう。

「……大きな手ですね。これは、何の魔道器具ですか？」

「疲れた時には、マッサージをしてもらうと気持ちいいよね。これは、マッサージ魔道器具だよ」

ユリウスは自慢げに言って、ひょいっと自分の右人差し指を揺らす。すると、テーブルの上の機械の手がわきわきと怪しげに動き始めた。

「……なかなか奇抜ですね」

「見た目は無骨だけれど、結構細かい動作もできるんだよ。ただ……まだ改良点はあってね。さっきヴェルネリが試しに使ってみたんだけれど魔力の込め方を間違えたようで、お尻を思いっきり引っぱたかれてしまったんだ」

「ま、まあ……」

ライラはなんとか愛想笑いができたが、ヴェルネリが魔道器具に尻を叩《たた》かれるところを想像したらしいヘルカは堪《こら》えきれずにブフッと噴き出し、むっつり顔でティーセットを手にやってきたヴェルネリを見ると、きゃらきゃらと笑い始めた。

……きっと今のヴェルネリの尻には大きな手の平型の赤い痣《あざ》があるのだろうが、想像しないことにした。

テーブルの上に広がっていたパーツや工具は片づけられて、ヴェルネリがティーセットを、ライラがクッキーを並べた皿を置く。まだ皿には覆いを被《かぶ》せているので、ユリウスはそわそわした眼差《まなざ》しでそれを見つめていた。

「クッキーだったかな。どんな味だろう？」

「味はいわゆるプレーンですが、是非とも形にご注目ください」

「うん！」

まるで新品のおもちゃを前にした少年のように輝く目でユリウスが見つめる中、ライラは覆いを外した。

白い陶器の皿に、クッキーが並んでいる。オーブンでこんがり焼いたのでどれもおいしそうな黄金色になっているが、なんといってもユリウスの関心を惹《ひ》いたのは——

「……これってひょっとして、パーツや工具の形？」

「はい！　ヘルカが手先が器用なので、せっかくだからユリウス様とヴェルネリが作業していたものをクッキーで再現してもらいました！」

歯車やハンマー、金属を断つ工具用鋏《はさみ》やネジなど、比較的型抜きクッキーでも再現しやすくて分かりやすいものを選んだ。食べ物で遊ぶつもりはないが、工具やパーツそっくりのクッキーは味はもちろん、見るだけでも楽しいはずだ。

これにはヴェルネリも感心したようで、茶葉を蒸らす間にしげしげと皿の上を眺めている。

「これは……なかなか見事ですね」

「そうだね。……あ、このネジ、さっきあの魔道器具を作る時に使ったのとそっくりだ。食べてもいいかな？」

「はい、どうぞ」

すぐにヘルカがトングを手にして、ユリウスが示したものを小皿に取り分けていった。なお、どうしても焼いた時に焼きムラができたり割れてしまったりしたものもあるが、そういうものは問答無用でヴェルネリの皿に移されていた。

ヘルカは細部にもかなりこだわったので、彼女が「こちらをおすすめします」と胸を張ってユリウスの皿に取り分けた歯車型のクッキーなんて、細かな溝や歯車の歯の大小や凹凸まで再現されている。

ユリウスは一つ一つをしげしげと観察して、「これはさっき魔道器具の手の平部分に」「これは内部に」と先ほどの作業と絡めた感想を述べながら丁寧に味わった。

「おいしいだけじゃなくて見た目も可愛いなんて、さすがライラとヘルカだね」

「そうでしょう？　食にもある程度の遊び心は必要だということですよ」

そう言ってヘルカはふふんと笑い、意味ありげにヴェルネリに視線を向けた。ライラと違って遊び心があるとは言えないヴェルネリは少しだけむっとしたようだが、何か感じ入るところはあったようで、「……確かに、少しは遊び心があってもいいですね」と同意を示していた。

ユリウスは自分の分のクッキーを平らげると、ヴェルネリが入れたハーブティーを飲んでからふうっとため息をついた。

「本当に、おいしかった。ありがとう」

「どういたしまして」

「この後だけど……僕もずっと部屋に籠もっていたから、ちょっと外を歩きたい気分なんだ。よかったらライラも一緒に、庭の散歩でもしない?」

「是非とも!」

この後もユリウスは魔道器具を作るのだろうか、と思っていたところなので、まさかのお誘いにライラはつい声を弾ませてしまった。

庭を散歩するなんて、デートとも言えないくらいのものだ。

だが、ユリウスと一緒なら行き先が庭だろうとどこだろうと構わない。

彼と一緒に過ごせる時間が、ライラにとって至福なのだから。


ライラとユリウスは日が沈むまで庭でのんびりと過ごし、ヴェルネリが腕を振るって作った夕食を食べる。朝食で減らされたユリウスの分のベーコンは、今補塡されているようだ。

ユリウスとライラ、それぞれ別の浴室で湯を浴びて、ライラはヘルカに髪を乾かしてもらってネグリジェに着替える。

「それではライラ様、よい夢を」

「うん。おやすみ、ヘルカ」

主寝室の前でヘルカとは別れて、ドアをそっと押し開ける。

ユリウスは既にベッドにおり、本を読んでライラを待っていたようだ。

「お待たせしました。読書中でしたか？」

「ううん、ライラが来るまでちょっと読んでおこうと思っただけだよ」

そう言ってユリウスは本に栞《しおり》を挟み、それをサイドテーブルに置いてからライラに手招きした。

ライラがルームシューズを脱いでベッドに上がるとユリウスが上掛けを捲り、ライラを招き入れてくれた。ついさっきまでユリウスが下半身を入れていたからか、そこはほんのりと温かい。

「今日は、ゆっくりできましたね」

「うん。明日は……ええと、君は別荘に行くんだよね？」

「はい。エステル様が、習いたての魔法反射壁を見せてくれるそうです」

「そうか、あの子もそこまでできるようになったんだね……」

ユリウスはしみじみと言っている。イザベラの実子であるエステルとイザベラの弟の養子であるユリウスには血の繋《つな》がりはないが、二人は普通に仲がいいらしいし、恋話が好きなエステルはライラとユリウスの恋愛模様についても興味津々で、話を聞きたがっているのだ。

ライラはくすっと笑い、ユリウスの背中を撫でた。

「また今度、花嫁修業とは別の機会に魔法を見せてもらったらどうですか？」

「そうだね。いずれあの子も魔道研究所に加わるようになるだろうし……もうじきデビューだろうから、それまでに様子を見ておきたいな」

「ふふ。今のユリウス様、エステル様の従兄《いとこ》というよりお父さんみたいですね」

思わずライラが言うと、ユリウスはそれまでの考え中の表情をすっと消し、どこか妖しさの感じられる微笑みを向けてきた。

（……ん、んん？　ユリウス様も、こういう笑い方をなさるんだ……？）

少し意外な気持ちでいたライラだが、おもむろに肩を摑《つか》まれてベッドに優しく寝かされたため、きゅっと口をつぐんだ。

いつの間にかユリウスは部屋の明かりを落としており、ベッドサイドのわずかな光源を受けてヘーゼルの目が優しく、しかしどこか艶《なま》めかしくライラを見下ろしていた。

「……僕は、エステルのお父さんになったつもりはないよ」

「は、はい……あの、すみません。お気に障ってしまったようで……」

ひゅんっと我に返ったライラが謝ると、ユリウスは結わえていない髪を振るった。

「気に障ったわけじゃないよ。でも、僕はまだ、誰のお父さんでもない」

「ん、そ、そうですね……？」

「ただ、思うことはあるんだ。もし僕に子どもができたら、お父さんになったら、きっとこんな風に子どもの成長を見て喜んだり、頑張る姿を見て心が温かくなったりするんだろうな、って」

「……」

それは、一体、どういう意図による発言なのだろうか。

もしこれが日中での出来事ならば、ヘルカが適切な突っ込みを入れて「ライラ様を困らせないでください」と一喝してくれるだろうが、今この寝室にいるのはライラとユリウスだけ。

しかも、ライラは体をやんわりと拘束されてベッドに寝かされている状態で、ユリウスの瞳から視線が外せない。

……じわじわと、体が熱くなってくる。

最近ユリウスは「花婿修業」と称して、男性貴族たちから人間関係作りなどについて教わっているという。もしかすると、ユリウスがこれほどまで艶っぽくなったのは、男性たちから色々教わったからなのではないだろうか。

（ユリウス様には変な意図はないんだろうけど……でも……）

反応に迷うライラを見つめ、ユリウスはゆっくりと首を傾《かし》げた。

「……こういうことを言われたら、困る？」

「こ、困るといえば困りますが……嫌では、ありません。その、私も色々考えたりしますし、お父さんになったユリウス様もきっと素敵だろうなぁって思ったりしますし……」

「……ふふ。そっか」

ユリウスは微笑んだ。そこには先ほどちらりと見えた妖艶さはもうなく、いつもの穏和なユリウスらしい笑顔でライラはほっとした。

彼はライラの肩に触れていた手を外して、自分もごろんとシーツの上に横になった。そして仰向け状態のまま固まっていたライラの腰を抱いて、自分の方に引き寄せる。

「……ライラ。まだ、もうちょっと先のことになるけれど……いずれ、将来のこととかも君と一緒に考えていきたい」

「っ……」

「君と一緒なら、僕はきっと幸せな家庭を築けると思うんだ。君がずっと輝いていて、ヴェルネリとヘルカが側《そば》にいてくれて、屋敷には幸せと笑い声が満ちている……そんな未来を、きっと作れると」

「……ユリウス様。私も、です」

ライラは身をよじり、暗闇の中でユリウスと向かいあった。

先ほどまでのような熱情はなく、穏やかに凪《な》いだユリウスの瞳を見つめて、その頬にそっと手を滑らせる。

「私もきっと、あなたと一緒なら幸せになれますし……あなたのことも幸せにできます」

「あれ、妙だな。僕の方がライラに幸せにしてもらうなんて」

「こういうのもたまにはいいじゃないですか？」

「……そうだね。こういうのも……いいね」

くすくすと笑いあい、どちらからともなく唇を寄せる。

ほとんど同じ熱を持つ唇がくっついて、離れる。それだけではなんだかまだ足りなくてライラがもっと、と無言でねだると、ユリウスはそれに応えて深い口づけを贈ってくれる。

「……ん、ユリウス様……」

「……ライラ、可愛い。今日も、君の夢を見られそう」

唇を離したユリウスが、満足そうに言う。

（……そっか。やっぱり今朝のユリウス様、私の夢を見ていたんだ……だから、あんなに幸せそうに微笑んでいて……）

「……私も、あなたの夢を見たいです」

「……ふふ。それじゃあ、できたらまた夢で会おうね」

「はい。……おやすみなさい」

「おやすみ、僕の……可愛いライラ」

これからもライラは、ユリウスと共に夜を過ごしていく。

そして幸せな夢を重ねて、彼と一緒に人生を歩んでいくのだ。

あとがき

こんにちは、瀬尾優梨です。

皆様のもとに『亡霊魔道士の拾い上げ花嫁2』をお届けできたこと、嬉《うれ》しく思います。一巻を購入してくださった皆様、ありがとうございました。

二巻は全編書き下ろしです。結婚を半年後に控えたライラとユリウスがどんな日常を送っているのか、どんな問題に直面するのかを、是非ともお楽しみください。

今回も担当様をはじめとした多くの方に、大変お世話になりました。また一巻に引き続き、イラストは麻先先生が担当してくださいました。幸せそうな二人のイラストを見て、「やっとライラを花嫁にできたなぁ……」としみじみ思っています。本当にありがとうございます。

そして、ライラが「亡霊魔道士の拾い上げ花嫁」になるまで見守ってくださった読者の皆様に、心からの感謝を。

本作品はこれにて区切りがつきましたが、皆様にまたお会いできることを願っております。

瀬尾　優梨

亡霊魔道士の拾い上げ花嫁 2

発行　2021年6月25日　初版第一刷発行
著者　瀬尾優梨
イラスト　麻先みち
発行者　永田勝治
発行所　株式会社オーバーラップ
〒141-0031
東京都品川区西五反田7-9-5
校正・DTP　株式会社鷗来堂
印刷・製本　大日本印刷株式会社

ISBN 978-4-86554-943-0 C0093

【オーバーラップ　カスタマーサポート】
電話　03-6219-0850
受付時間　10時～18時（土日祝日をのぞく）

作品のご感想、ファンレターをお待ちしています

あて先：〒141-0031　東京都品川区西五反田7-9-5 SGテラス5階　オーバーラップ編集部
「瀬尾優梨」先生係／「麻先みち」先生係

スマホ、PCからWEBアンケートにご協力ください

アンケートにご協力いただいた方には、下記スペシャルコンテンツをプレゼントします。
★本書イラストの「無料壁紙」　★毎月10名様に抽選で「図書カード（1000円分）」

公式HPもしくは左記の二次元バーコードまたはURLよりアクセスしてください。
▶ **https://over-lap.co.jp/865549430**
※スマートフォンとPCからのアクセスにのみ対応しております。
※サイトへのアクセスや登録時に発生する通信費等はご負担ください。

オーバーラップノベルスf公式HP ▶ **https://over-lap.co.jp/lnv/**